나
와

너
의

3 6 5 일

나와 너의 365일

3 6 5 일

유이하 장편소설
김지연 옮김

모모

세상은 색채로 넘쳐난다.

길거리를 오가는 사람들과 변화무쌍한 계절,

우리의 감정에도 또렷한 색이 깃들어 있다.

너의 입술이 자아낸 말들은

평범한 나날이 되풀이되던 이 세상에

사랑이라는 이름의 빛을 선사해주었다.

삼백육십오일.

너와 함께였던 세상은

아름다운 기억들이 흘러넘쳤다.

일러두기

1. 본문 중 각주는 모두 옮긴이 주입니다.
2. 본문 중 볼드체는 원서에서 강조점이 찍힌 부분입니다.

차례

창가에
빛나다

마치 눈이 내린 듯했다. 아스팔트 위로 새하얀 벚꽃 잎이 양탄자처럼 깔려 있었다.

세상을 온통 뒤덮고 있던 벚꽃은 어제 내린 비 때문에 무참한 모습으로 변했고, 하늘은 나뭇가지 사이로 얼굴을 드러냈다.

2주 만에 걸친 감색 교복 재킷이 나라는 사람의 색깔을 제멋대로 정하는 것 같아 마음에 들지 않았다. 현관에 놓여 있는 전신 거울에 비춰 보니 남색 넥타이와 다림질한 흰색 셔츠가 대조를 이루고 있었다. 체크무늬 바지의 회색빛이 지금 내 기분을 대신하는 것 같았다.

책가방 손잡이를 양쪽 어깨에 하나씩 끼워 배낭처럼 메고 집을 나섰다. 안 그래도 봄방학이 끝나서 우울한데, 젖은 아스팔트를 발로 밟을 때마다 나는 물소리가 내 기분을 한층 더 가라앉게 만들었다.

늘 지나다니는 통학로와 뒷골목과 교차로, 그리고 학교 앞 기다란 비탈길까지 온 세상이 하얗게 물들어 있었다. 벚꽃이 연분홍빛을 띠지 않는 건 전혀 이상하지 않았다. 벚나무 중에서도 왕벚나무는 색이 연하다. 빛이 반사되어 하얗게 보이는 거겠지. 햇빛을 받아 반짝반짝 빛나는 꽃잎을 바라보며 눈을 가늘게 떴다.

"뭘 그렇게 멀뚱히 서 있어?"

여자애 특유의 카랑카랑한 목소리와 함께 누가 내 재킷 소매를 잡아당기는 바람에 몸이 한쪽으로 기울었다. 얼굴은 보지도 않고 불쑥 한숨부터 내쉬었건만 상대방은 그러거나 말거나 하고픈 말을 이어나갔다.

"소야, 열일곱 번째 생일 축하해!"

"고마워. ……동아리는?"

생일 축하 인사에도 기분이 나아지지 않아 고개만 겨우 들어 올렸다. 그러자 여느 때처럼 나와 똑같은 감색 재킷에 남색 넥타이를 느슨하게 매고, 교칙으로 정해진 것보다 치마를 짧게 줄여 입어 무릎을 드러낸 여자애가 거기 서 있었다. 어깨에 커다란 스포츠 가방을 걸쳤고, 걸음을 옮길 때마다 짧게 자른 단발머리가 흔들렸다.

"오늘은 개학 첫날이라서 농구부 훈련이 없어!"

"그럼 왜 스포츠 가방을 메고 왔냐?"

"그건 책가방을 따로 안 샀으니까 그렇지."

"아하."

이름은 아사다 리카. 초등학교 때 우리 옆집으로 이사 온 리카는 한마디로 말해 걸리적거리는 존재다. 단지 옆집에 산다는 이유만으로 틈만 나면 나를 졸졸 따라다녔다. 흡사 강아지 같았다.

"와아. 벚꽃 양탄자다."

"그러게."

벚꽃 얘기를 꺼내는 리카를 본체만체하고 대충 받아넘겼다. 매번 이런 식이다.

"난, 벚꽃만의 이 연한 분홍색이 너무 좋아."

"뭐지? 네가 그런 말을 하면 왜 하나도 공감이 안 될까?"

"진짜 너무해!"

볼을 잔뜩 부풀리며 투덜대는 리카가 싫은 건 아니지만 그렇다고 좋아지지도 않는다. 리카와 대화를 나눌 때마다 이런 감정을 느낀다. 오랫동안 같이 지내왔기에 원인이 뭔지도 알고 있다.

어려서부터 농구를 해 주위에 동경하는 애들이 많은 리카는 종종 자기 마음에 안 드는 애를 따돌리는 식으로 집단 괴롭힘에 가까운 짓을 하곤 했다. 나는 리카의 그런 면이 도저히 받아들여지지 않았다. 또 상대에 따라 태도를 바꾸고 굽신거리는 점도 마음에 걸렸다.

그렇다고 심성이 나쁜 애는 아니기에 싫어할 수도 없다. 이 세상에 리카 같은 사람은 쌔고 쌨을 테니까.

게다가 리카가 나를 좋아한다는 사실을 알아채서 요즘은 같이 있기만 해도 마음이 불편하다. 나는 리카를 연애 상대로 생각해본 적이 한 번도 없고, 리카의 마음을 받아줄 생각도 없다.

어릴 때부터 같이 어울리다 보면 서로의 좋은 점도, 안 좋은 점도 다 알게 된다. 연애 감정이 싹틀 틈 따위는 없다.

"소야, 우리 같은 반 되면 좋겠다."

"어."

리카가 생글거리며 하는 말에 심드렁하게 대꾸했다.

그러면서 오늘도 리카의 감정을 모른 체한다. 리카에 관해 이러쿵저러쿵 늘어놓고 있지만 이런 나도 꽤나 지독한 놈이다. 후후, 자학적으로 내뱉은 웃음소리가 봄바람에 날아가 버렸다.

"왔네, 왔어. 소야, 생일 축하한다."

리카와 나란히 걷고 있는데 교문에서 이쪽을 향해 손을 흔드는 남학생이 보였다.

"가케루, 고맙다."

까만 머리를 짧게 자른 그 애는 4월이라 아직 쌀쌀한데도 셔츠 소매를 걷고 단추를 두 개나 끌렀다. 중학교 때부터 친구인 야다 가케루가 늘 그렇듯 단정치 못한 교복 차림으로 달려왔다.

"앗, 리카도 같이 있었네."

"그럼 안 돼?"

"안 될 건 없지."

여전한 가케루의 입담이 주변에 울려 퍼졌다. 가케루는 축구 강호인 우리 학교 축구부의 에이스이자 여자애들 사이에서 절대적인 인기를 누리는 존재다. 끊임없이 상대를 바꿔가며 사귀느라 여러 번 말썽을 일으켰는데, 그때마다 단 한 번도 가케루 편을 들 수가 없었다. 애초에 이 녀석이 잘못했으니까.

매번 성가신 문제를 들고 와 울며불며 매달리는 가케루는 동급생인데도 손이 많이 가는 남동생처럼 느껴졌다.

"그나저나 반 편성 나온 거 봤냐?"

"그걸 어떻게 보냐? 지금 막 학교에 왔는데."

"그럴 줄 알고 내가 이미 보고 왔지! 소야랑 나는 둘 다 B반이야!"

의기양양하게 외치는 가케루를 보며 리카가 얼굴을 찡그렸다.

"나는?"

"그게, E반이었나. 아무튼 우리랑 같은 반은 아니었어."

"진짜?"

리카는 가케루를 힐끗 째려보더니 게시판에 붙어 있는 반 편성표를 보기 위해 신발장 쪽으로 달려갔다.

"넌 확인하러 안 가냐?"

"나야 뭐, 네가 봤으면 그걸로 됐어."

"하여간 꾸준히 심드렁한 녀석이라니까."

가케루와 얘기를 주고받으며 실내화로 갈아 신고 학교 건물 안으로 들어갔다. 2학년 교실은 계단을 올라가면 3층에 있다.

"아, 참." 가케루가 뭔가 생각났다는 듯이 목소리를 높였다.

"뭔데."

"아니, 다치나미 히나가 특별반에서 나온다는 소문을 들었거든."

"다치나미 히나라면, 걔?"

"그래, 걔."

우리 학교는 뛰어나게 머리가 좋은 애들만 모아놓은 특별반과 일반반으로 나누어져 있다. 다치나미 히나는 입학 후 쭉 특별반이면서 성적이 학년 톱인 걸로 유명한 여자애였다. 특별반 교실은 일반반과 떨어져 있어서 얼굴을 보지는 못했어도 소문은 수도 없이 들었다.

"장난 아니게 예뻐."

"야, 다음 타깃은 걔냐?"

"그건 무리야. 걘 만만찮아 보이거든."

"그러냐? 넌 만만한데."

"너 말 다했냐?"

그렇게 말하면서 내 어깨에 팔을 걸치는 가케루를 떼어내고 교실 문을 열었다. 낯익은 얼굴과 낯선 얼굴이 뒤섞이며 시야를 파고들었다.

그런데 뭔가 이상했다. 아무리 반이 바뀐 첫날이라도 아침 조회가 시작되기 전의 교실은 훨씬 시끌벅적하기 마련인데 오늘은 어째 고요했다. 조용조용 속닥거리며 창가 쪽을 힐끔거리는 반 아이들의 시선을 따라가 보니 한 여자애에게 다다랐다.

처음 보는 애가 창문 쪽 앞에서 네 번째 자리에 앉아 주변과 다른 분위기를 자아내고 있었다. 길고 탐스러운 까만 머리카락, 가녀린 몸, 도자기처럼 매끄러운 피부. 마치 인형을 보는 것 같았다. 그 애는 창밖을 응시하고 있었다.

"우아! 이번에도 같은 반이다!"

가케루는 교실 안에 수상한 공기가 떠다니고 있음을 감지하지 못한 채 친구들에게로 달려갔다. 너무나 여전한 구제 불능의 바보라고 해야 하나. 가케루가 반 애들과 엉겨 붙기 시작하자마자 교실은 금세 원래의 소란스러움을 되찾았다. 좀 전까지의 고요한 시간이 거짓말처럼 느껴졌다.

어처구니없어 하며 칠판에 적힌 대로 내 자리를 찾아 앉으려고 보니 그 애 옆자리였다. 나는 괜히 긴장됐다.

"있잖아."

갑자기 그 애가 나에게 말을 걸어와 창문 쪽으로 고개를 돌렸다. 커다란 눈과 기다란 속눈썹. 갈색이 살짝 감도는 그 눈동자 속으로 빨려 들어갈 것만 같았다.

"너, 머리카락 색깔이 참 예쁘다."

나는 말문이 턱 막혔다.

"어?"

순식간에 네게 마음을 빼앗겨버린 나는 얼빠진 소리만 겨우 입 밖에 낼 수 있었다. 그런데도 너는 개의치 않는다는 듯이 뒷말을 이었다.

"머리카락이 햇빛을 받아 반짝거리는데, 진짜 예쁘더라."

거기서 의문이 생겼다. 나는 앞에서 네 번째 줄, 창가에서 두 번째 자리에 앉아 있다. 창문 바로 옆이자 내 왼편에 앉은 네가 햇빛을 가리고 있어 지금 내 머리에는 빛이 닿지 않을 터였다.

"네가 교문 앞에서 얘기하는 모습을 여기서 내려다봤거든. 그때 예쁘다고 생각했어."

생각이 얼굴에 고대로 드러났는지 너는 눈을 치뜨고 나를 올려다보며 그렇게 덧붙였다. 아닌 게 아니라 창문에서 시선을 사선으로 내리면 교문이 보였다.

"만나서 반가워, 신도 소야."

"내 이름은 어떻게 알았어?"

"옆자리라서 기억해뒀지."

너는 그림으로 그린 듯한 싱그러운 미소를 지어 보였다.

"난 다치나미 히나. 1년 동안 잘 부탁해."

"아……."

몇 분 전에 가케루가 했던 말이 생각났다.

'다치나미 히나가 특별반에서 나온다는 소문을 들었거든.'

아하, 그래서 주변과 겉도는 느낌이 들었구나. 오르지 못할 나무란 이런 애를 두고 하는 말이겠지. 너는 미움을 받아서 교실 분위기에 녹아들지 못한 게 아니었다.

"어, 나도 잘 부탁해. 다치나미, 근데 뭐 하나 물어봐도 돼?"

"물론. 뭔데?"

"그러니까, 넌 1등인데 왜 일반반으로 옮겼어?"

"아, 공부할 필요가 없어졌거든. 그게 다야."

무슨 뜻일까 생각하고 있는데 네가 다음 말을 이었다.

"공부보다 더 하고 싶은 일이 생겼어."

"오."

자리에 앉아 턱을 괴고 내 왼편의 너를 보고 있자니 나긋나긋한 봄 햇살이 네 책상 위로 쏟아져 내렸다.

"부모님이 엄해서 지금까지 다른 애들이 하는 걸 하나도 못 해봤거든. 이왕이면 일반반으로 옮겨서 하고 싶었던 일들을 해보려고."

"금수저의 반항 같은 거?"

"금수저는 아니지만, 반항이라는 말은 맞을지도 모르겠다."

대화를 해보니 나와 같은 세계에 사는 사람 같지 않았다. 진짜 부잣집 딸은 이런 느낌일 거라고 혼자 수긍해버렸다.

너와 얘기를 나눌 때 까다롭거나 어색한 느낌은 들지 않았다. 아주 자연스러웠다. 하지만 너는 입을 다물고 있으면 좀처럼 가까이 다가가기 어려운 인상을 풍겼다. 그래서 다들 멀리서 보고만 있었던 것이다.

교실 문이 확 열리더니 선생님이 들어왔다. 1학년 때와 마찬가지로 올해도 아베 게이지 선생님이 담임인 모양이었다. 작년에도 그러더니 이번에도 개학 첫날이건 말건 운동복 차림으로 교단에 서서 고함을 질렀다.

"자자, 자리에 앉아. 조회 시작한다."

"하아, 또 아베 선생님이네."

"그렇게 좋냐, 야다?"

"하나도 안 좋거든요."

가케루의 대답에 다들 못 말린다는 듯이 웃었다. 이렇게 말하는 나 역시 어이없어 하며 또 똑같은 생활이 시작되는구나 생각했다.

눈 깜짝할 사이에 하루가 지나고 마치는 시간을 알리는 종이 울렸다. 오늘은 오후 수업이 없다. 딱히 할 일도 없어서 곧장 집에 가려고 자리에서 일어나는데, 네가 말을 붙여왔다.

"빠르네."

"아, 가케루한테 붙잡히면 녀석이 동아리 활동을 하러 갈 때까지 같이 놀아줘야 하거든."

우리는 그길로 함께 교실을 빠져나와 나란히 복도를 걸었다. "친하구나." 네가 부러운 듯이 말했다.

"친하다고 해야 하나, 지긋지긋한 인연이라 해야 하나."

계단을 내려가 신발장에서 신발을 꺼내 신고 밖으로 나왔다. 아침나절보다 따뜻해져 미지근한 봄바람이 꽃향기를 풍기며 뺨을 간질이고 지나갔다.

"넌 동아리 가입 안 했어?"

"응, 전에 좀 다쳤거든. 일상생활에는 지장이 없는데, 격렬한 운동은 하면 안 돼."

"그랬구나. 큰일 날 뻔했네."

계속 내 옆에서 어깨를 마주하고 걷던 네가 눈을 내리깔며 말했다. 기다란 속눈썹이 예쁘게 깜빡여서 절로 눈이 갔다.

"넌 집이 어디야?"

말머리를 돌리려고 물었다. 좋을 것도, 나쁠 것도 없는 시시한 질문이다.

"요 옆에 시노노메초. 버스 탈 때도 있고 걸어서 갈 때도 있는데, 걸어가면 30분쯤 걸려."

"난 시라아이초. 우리 동네랑 가깝네."

뜻밖의 정보를 알아냈다. 별것 아닌데도 내심 기뻤다.

"넌 걸어 다녀?"

"응. 걸으면 20분 좀 안 걸리는데, 시간 없을 때는 자전거도 타고."

자전거는 편해서 매일 타고 싶지만, 학교 앞 오르막길에서 절망에 빠지고 싶지 않아 가끔씩만 탄다.

"시노노메초라면 고급 주택가잖아."

"그런가."

"그렇다니까, 거긴 의사나 고위 정치인들만 산다던데."

시노노메초는 언덕 위에 위치한 고급 주택가로, 저택이 즐비하게 들어서 있다. 돈이 없으면 그런 동네에 살기 힘들다.

"아. 우리 아빠가 의사셔."

"역시. 이제 말이 되네."

네가 부잣집 딸이라는 사실이 이해됐다. 너는 동갑으로 여겨지지 않을 정도로 기품이 있었다. 교실에서 네가 이질적으로 떠 있었던 건, 특별반에서 옮겨 왔기 때문만이 아니라 네가 뿜어내는 분위기도 한몫했을 터였다.

벚나무가 늘어선 학교 앞 비탈길을 내려갔다. 하얀 꽃잎이 발밑을 지배하고 있었다.

"벚꽃이, 다 졌네."

무심코 내뱉은 말에 네가 멈칫하며 나를 봤다. 봄바람이 너의 새까맣고 긴 머리카락을 어루만지며 지나갔다.

"다치나미?"

"······비가 와서 벚꽃이 흩날리며 떠내려가는 걸, 뭐라고 하는지 알아?"

"그거, 전에 누가 가르쳐줬는데. 뭐였더라······."

"사쿠라나가시*."

사쿠라나가시. 들어본 적 있는 말이다.

"아, 맞다."

나는 손가락을 튕겨 딱 소리를 내면서 다시 걸었다. 너는 조금 떨어져서 내 뒤를 따라왔다.

"흐드러지게 피어 있는 꽃잎을 떨어뜨리는 비. 멋진 이름 이지?"

나는 뒤돌아보며 동의한다는 뜻을 담아 고개를 끄덕였다.

"사쿠라나가시라는 표현은 예쁘지만, 왠지 서글퍼져."

---

* 벚꽃을 뜻하는 사쿠라(桜)와 흘린다는 뜻의 나가시(流し)를 결합한 말로, 벚꽃 이 비바람에 흩날려 물에 떠내려가는 모습 혹은 벚꽃이 피어 있을 때 내리는 비를 뜻한다.

"그건 그래. 너, 벚꽃 좋아해?"

어느 틈에 나와 다시금 나란히 걷고 있던 너는 한순간 눈을 동그랗게 떴다가 이내 아스팔트 위에 떨어진 벚꽃으로 눈길을 돌렸다. 그 눈동자가 어쩐지 쓸쓸해 보였다.

"좋아해. 소중한 추억이 있거든."

"그렇구나."

가슴이 두근거렸다. 내리뜬 속눈썹 너머로 보이는, 쓸쓸함이 깃든 네 눈동자가 아름다워서.

"올해는 벚꽃이 하얀데도?"

"⋯⋯그런가?"

"응, 유난히 하얗게 보여."

"⋯⋯그렇구나. 아, 나는 저쪽."

너는 사거리 앞에 멈춰 서더니 왼쪽을 가리켰다. 여기서 헤어져야 하는 모양이었다.

"갈게, 내일 봐."

"그래, 내일 보자."

멀어지는 네 뒷모습을 보이지 않을 때까지 눈으로 좇았다. 빙그르 몸을 돌리고 걷기 시작한 이쪽 길도 역시나 흰색으로 물들어 있었다.

그렇게 10분 남짓 걷다가 배에서 꼬르륵 소리가 날 즈음,

익숙한 우리 집 앞에 도착했다. 밖으로 삐져나온 전단지가 눈에 들어와 우편함을 열고 안을 살폈다. 안내장과 광고지 더미 속 유달리 눈에 띄는 검은색 봉투 하나를 발견하고 나는 손을 멈췄다.

"설마, 아니겠지……."

봉투에 적힌 내 이름이 시야에 들어오자 양 뺨이 굳었다. 들고 있던 우편물들이 손에서 스르륵 빠져 바닥에 흩어졌다.

세상에는 수많은 질병이 존재한다. 아직 치료법이 밝혀지지 않은 중병도 한둘이 아니지만, 그중에는 발병 사례는 극소수여도 증상이 워낙 특이해서 유명해진 불치병이 있다. 아무에게도 들키지 않고 고요히 죽음을 맞이하는 병. 무채병(無彩病)이 그랬다.

10년 전부터 유행하기 시작한 원인을 알 수 없는 병. 처음에는 어떤 한 가지 색을 인식하지 못하다가 1년 이내에 온 세상이 흑백으로 보이면서 죽음에 이른다. 원인은 물론이고 그런 증세가 나타나는 이유조차 불분명하지만, 발병률이 10만 분의 1이라는 것만은 밝혀져 있다.

일본 총인구는 약 1억 2,000만 명이다. 그러면 환자 수가 대략 1,200명일 거라는 계산이 나오는데, 무채병 환자는 약

1년밖에 살지 못하므로 실제로는 그보다 더 적을 터였다.

이 병은 걸릴 가능성이 제로에 가깝지만 걸리면 반드시 죽는다는 점에서 사람들을 공포에 떨게 하기에 충분했다.

정부는 이 상황을 심각하게 받아들이고 실태를 파악하기 위해 5년 전부터 학교와 회사에서 1년에 한 번씩 색채 감지 검사를 받게 했다. 검사 결과 이상이 발견된 사람에게는 무채병 환자가 마지막까지 인식할 수 있는 두 가지 색, 즉 흰색과 검은색 중 검은색을 사용한 봉투를 보내 병을 통보한다. 그것이 '블랙 레터'다.

다르게는, 죽음의 편지라고도 불린다.

나는 검은색 봉투를 구겨 쥔 채 현관 앞에 우두커니 서 있었다.

"에이, 장난이겠지."

이마에 식은땀이 배어났다. 달달 떨리는 손으로 봉투를 뜯자 종이 한 장이 나왔다. 종이에는 간결한 문장과 함께 가까운 종합병원 이름이 적혀 있었다.

"색채 감지 검사에서 의심스러운 점이 발견되었으니 해당 병원에 방문하여 진료를 받으시기 바랍니다……."

한 자 한 자 소리 내 읽고 있는데, 뒤쪽에서 나를 부르는 소리가 들렸다.

"오빠, 뭐 해?"

흠칫하며 돌아보니 엄마와 다섯 살 난 여동생 유즈가 거기 서 있었다. 유치원에서 돌아온 모양이었다.

"정말, 왜 그래? 이런 데 멍하니 다 서 있고."

의아한 눈빛으로 전단지를 주워 드는 엄마와 아직 어린 유즈의 얼굴을 쳐다보면서 나는 현실로 되돌아왔다.

봉투를 허둥지둥 등 뒤로 숨겨 셔츠와 바지 사이에 끼워 넣었다. 뭔가 있나 하며 들여다보려는 엄마를 향해 양손을 내밀어 아무것도 없다는 제스처를 해 보였다.

"무슨 일인데 그래?"

"아니, 감기 기운이 좀 있어서."

"어머, 괜찮니?"

엄마가 이마에 손을 갖다 대려 해서 천천히 몸을 피했다.

"물론 괜찮지. 그래도 혹시 모르니까 병원에 갔다 올게. 유즈한테 옮기면 안 되잖아."

"기다려, 차 빼 올게."

"괜찮대도. 진짜 가벼운 감기야……. 엄마, 료타 올 시간 다 돼서 엄마는 집에 있는 게 나아."

네 살 아래의 남동생 이름을 꺼내자 엄마는 잠시 생각하는 기색을 보였다. 그사이 나는 뒤로 몇 걸음 물러섰다.

"……정말 혼자 가도 되겠어?"

"응, 금방 다녀올게."

웃으며 손을 흔들고 왔던 길을 다시 걸었다. 길모퉁이를 돌자마자 봉투를 다시 꺼내 거머쥐고 도보로 30분 조금 안 되는 시노노메 종합병원을 향해 정신없이 달렸다. 병원에 도착하자 눈앞에 나타난 대형 자동문에 부딪힐 뻔하면서도 기세를 꺾지 않고 안으로 돌진했다.

"하아…… 하아……."

병원 안으로 들어서자마자 양 무릎에 두 손을 짚고 입가를 닦았다. 헉헉거리며 숨을 고른 다음 정면을 쳐다보았다. 무릎이 욱신거렸지만 그런 걸 따질 때가 아니었다. 마음을 강하게 먹지 않으면, 똑바로 쳐다보지 않으면, 무너질 것만 같았다.

비척거리는 걸음걸이로 접수창구로 다가가 검은색 봉투 안에 들어 있던 종이를 꺼내 보여주자 직원이 의자에 앉아 잠시만 기다려달라고 했다.

앉아서 기다리고 있자니 심장이 터질 듯 맥박이 빨딱였다. 정신이 팔려 배고픔도 까맣게 잊었다. 덜덜거리는 손을 모아 '제발 장난이길' 하고 빌었다. 눈을 감고 평소 믿지도 않던 신에게 몇 번이나 매달렸는지 모른다.

잠시 후 이름을 부르는 목소리에 내 몸이 스프링처럼 튀어 올랐다.

"신도 소야 님, 1번 진료실로 들어가세요."

접수창구 직원의 지시에 따라 숫자 1이 붙어 있는 진료실 문을 열었다.

"안녕하세요."

40대 중반에 이목구비가 뚜렷한 남자 의사가 나지막한 목소리로 인사를 건넸다.

"자세히 설명해야 하니 자리를 옮겨서 이야기할까요?"

안쪽 문을 향해 걸어가는 의사 선생님을 뒤쫓듯 나도 일어나 걸음을 옮겼다.

"오늘 부모님은 같이 안 오셨나요?"

내가 혼자인 게 마음에 걸렸는지 직원용 엘리베이터 안에서 선생님이 물었다.

"안 왔는데요."

"그럼, 이 편지가 온 건 알고 계시나요?"

"말 안 했어요."

선생님이 후우 한숨을 내쉬었다. 우리는 엘리베이터에서 내린 뒤, 모퉁이를 여러 번 돌고 돌아 어떤 방으로 들어갔다. 책장에는 책이 빽빽이 꽂혀 있고 책상 위에는 서류가 산더미처럼 쌓여 있어, 방금 지나온 단출한 진료실과는 분위기가 사뭇 달랐다.

"여기는 무채병을 연구하는 내 개인 연구실입니다. 병원 내에서도 이 층은 일반 환자의 출입이 금지된 구역이죠. 자, 편히 앉으세요."

하라는 대로 의자에 앉자 선생님도 앞에 놓인 의자에 앉아 안경을 썼다.

바로 앞에 노트북이 놓여 있었다.

그는 "어디 보자" 하고 한마디 내뱉더니 시선을 돌려 나를 보았다.

"색채 감지 검사에서 이상이 나타나서 이렇게 불렀습니다만, 혹시 사람이 색깔을 어떻게 구분하는지 아시나요?"

"예에?"

얼빠진 소리가 불쑥 튀어나왔다. 그런 질문을 받으리라고는 상상도 못 했다.

"사람의 망막에는 원뿔 세포라는 시각 세포가 있습니다. 이 세포가 특정한 파장을 감지하고 뇌에 정보를 전달해서 우리 눈이 색깔을 구분할 수 있는 겁니다."

"……."

"사람이 눈으로 볼 수 있는 파장역은 400에서 800까지입니다. 뭐, 어려운 설명은 제쳐두고 본론으로 들어가죠."

그렇게 말하면서 그가 노트북 전원을 켜고 마우스를 몇 번 클릭하자 화면에 그림이 떠올랐다. 그는 내가 볼 수 있게 화면을 내 쪽으로 돌려주었다.

"여기 빨간색, 초록색, 파란색 원뿔이 보이죠?"

"네."

"사람은 이 세 가지 세포 색을 섞어서 여러 가지 색을 인식합니다. 그런데 이 원뿔 세포가 조금씩 사멸되다 끝에 가서는 온 세상이 회색 톤으로 보이면서 결국 의문의 죽음을 맞이하게 되는 병, 그게 바로 무채병입니다."

"……네에."

나는 알아채고 말았다. 이미 하얗게 보이는 색깔이 하나 있다는 사실을. 아니, 선생님의 설명대로라면 흰색으로 보일 뿐이지 실제로는 연한 회색이다. 무슨 말이 이어질지 예상되어 귀를 막으려고 양손을 들었지만 현실은 나를 기다려주지 않았다.

"데이터를 보니 신도 군이 첫 번째로 볼 수 없게 된 색은 연분홍색이군요. 신도 군, 당신은 무채병입니다."

일상이 갑자기 무너져 내렸다.

병원을 나온 나는 해가 저문 미하나다(水縹) 공원 벤치에 홀로 앉아 벚나무를 물끄러미 올려다보았다. 집에서 도보로 10분쯤 떨어져 있고 벚꽃 놀이 장소로도 유명한 이 공원의 이름에는 물빛이라는 뜻이 담겨 있다. 어릴 적부터 수도 없이 찾아왔던 이 공원은 어느새 나만의 쉼터가 되어 있었다.

좀 전에 통보받은 말이 도저히 받아들여지지 않았다. 그저 막막하기만 한 시간을 흘려보냈다. 새하얀 벚꽃이 괴로운 내 심정을 알기나 할까.

고민이 있거나 가슴이 답답할 때면 이곳에 와서 시간의 흐름에 몸을 맡겼다. 하지만 오늘은 뭐랄까, 나를 둘러싼 새하얀 벚나무며 지면에 떨어진 꽃잎까지도 내게는 죄다 죽음의 색으로 보였다. 비정한 현실을 믿고 싶지 않으면서도 이해해버린 내가 싫었다.

손에 쥔 검은색 봉투와 서류 몇 장을 눈으로 훑었다. 그중 한 장에는 색상표가 그려져 있었는데, 선명하게 보이는 색상표에서 딱 한 군데만 색이 비어 있었다.

'마지막에 보이지 않게 되는 색은 맨 처음에 사라진 색깔의 반대색 중 가장 옅은 색이다.'

이 병에 관한 설명 일부에 그렇게 나와 있었다. 맨 먼저 사라지는 색은 예외에 해당하지만, 기본적으로는 진한 색부터 차례차례 안 보이게 된다고 정성스레 설명하는 검은색 글자가 현실을 들이댔다.

그러니 연분홍색이 맨 먼저 사라진 내 시야에 마지막까지 남게 될 색은 물빛, 즉 하늘색이다. 무슨 운명의 장난인지 이 공원 이름과 같은 색이다.

나는 벤치에서 일어나 색상표가 그려진 종이를 쫙 찢었다. 그런 다음 공처럼 욱여서 쓰레기통을 향해 던졌다. 아름다운 포물선을 그리며 쓰레기통으로 들어가던 종이가 탁 부딪치는 소리를 내며 공원에 흐르던 고요를 깨뜨렸다. 그 소리에 정신이 번쩍 들어 그 자리에 쭈그려 앉았다.

어느 날 갑자기 일상이 막을 내릴 거라는 통보를 받으니 어떻게 반응하면 좋을지 모르겠다.

시야에 들어온 지면은 황토색이었다. 언젠가 이 색도 사라지려나. 시선을 붙잡는 모든 것이 흑백으로 바뀌고 죽음을 맞이하겠지.

나는 몽롱한 상태로 일어나 집으로 갔다.

고개를 떨군 채 현관문을 열었다. 거실에 있던 엄마가 좀 어떠냐고 묻기에 애매하게 웃으며 얼버무렸다. 무채병이라고 말하려 했지만 차마 입이 떨어지지 않아 말이 되지 못한 소리를 삼켜야 했다.

털어놓는 게 맞다. 그렇지만 말하고 싶지 않다. 말한들 뭐해. 소리 내 말하는 건 내 병을, 죽는다는 사실을 인정하는 거나 다름없다. 그리고 가족들에게 헤어질 준비를 시키게 된다. 그것만은 도저히 견딜 수 없을 것 같아 엄마에게 등을 돌리고 2층에 있는 내 방으로 달아났다.

뭐라 표현할 수 없이 뒤죽박죽 섞인 감정이 캄캄한 방 안에 녹아 흘렀다.

$\dfrac{1}{365}$
일

밤늦게까지 잠을 설치다 늦잠을 자는 바람에 새 학년 첫 주부터 오후에 등교하는 꼴이 되어버렸다. 이런 일은 처음이다.

학교로 가는 길에 의사 선생님에게 한 차례 설명을 듣고 나서 주고받았던 말들을 생각했다.

"가족분들께는 제가 말씀드릴까요?"

"필요 없어요."

"적어도 부모님께는 알려야 합니다."

"말 안 할 거예요."

"······신도 군."

선생님이 난감해했지만 나는 뜻을 굽힐 마음이 없었다.

"말해버리면, 지금처럼 지낼 수 없게 되잖아요."

나는 삼 남매 중 맏이로, 내게는 네 살 터울의 남동생과 띠동갑인 여동생이 있다. 지금껏 가족에게 별다른 폐를 끼치지 않고 살았다. 그렇기에 더더욱 마지막까지 듬직한 장남이자 오빠이자 형으로 남고 싶었다.

"일상을 되돌릴 수 없잖아요. 분명 헤어질 준비를 시작하게 될 테고. 그건 정말 싫거든요."

"병에 걸렸다는 사실을 모른 채 신도 군을 잃게 되면, 남은 가족들은 상당히 고통스러울 겁니다."

"알아요. 아는데, 그래도 말하기 싫어요."

방 안이 정적에 휩싸였다. 그렇게 1분쯤 지나고 선생님이 고개를 들었다.

"알겠습니다. 당장은 밝히지 않아도 괜찮아요. 그렇지만 언젠가는 꼭 알려야 합니다."

그러고 나서 선생님은 이런 말도 했다.

"부디 이것만은 꼭 명심하기 바랍니다. 무채병에 걸리지 않더라도, 사람은 누구나 다 죽습니다."

사람은 누구나 다 죽습니다. 그 말이 여전히 내 머릿속을 떠다녔다.

교문으로 들어서다가 점심 훈련 중이던 축구부 1학년들과 마주쳤다. 활 모양으로 날아오던 축구공이 내 바로 앞 펜스를 때렸다. 갑작스레 벌어진 일에 놀란 나는 그 자리에 얼어붙고 말았다. 공을 찾으러 온 1학년생이 미안하다는 듯이 고개를 꾸뻑하고 돌아서서 뛰어갔다.

그 뒷모습 너머로 부원들이 기다리는 모습을 보자 중학교 때가 떠올랐다. 무의식적으로 공을 차려는 듯 왼발이 움직이고 있다는 걸 깨닫고 발을 멈췄다. 끓어오르는 감정을 가슴속 깊이 밀어 넣고 학교 건물을 향해 걸음을 뗐다.

계단을 올라가 어제와 같은 교실 문을 열었다. 그러자 누가 목청껏 소리치면서 몸을 날려왔다.

"소야!"

"아야!"

교실로 들어서기 무섭게 가케루가 달려와 내게 들러붙었다. 엄청난 기세에 밀려 발목을 삐끗한 나는 중심을 잃고 넘어졌다. 그 바람에 가방에 들어 있던 물건들이 바닥에 마구 흩어졌다.

"네가 안 오니까 이 몸이 만신창이가 됐잖아! 과학 실험은 연달아 실패하고!"

"그러거나 말거나."

"영어 시간엔 선생님이 갑자기 질문했는데, 너 말고는 답을 알려줄 사람이 없어서 대답을 못 하는 바람에 수업 내내 서 있었다고!"

"그게 내 탓이냐."

널브러진 물건들을 주워 담으면서 가케루의 뒤통수를 한 대 쳤다. 필통을 집어 들고 가방 지퍼를 올리다가 눈앞에 펼쳐진 광경에 눈을 가늘게 떴다. 어제와 다를 바 없이 신나게 떠들어대는 반 아이들의 모습이 눈부셨다.

아, 뭐 이래. 아무것도 달라지지 않는다. 내 일상이 달라져도 이들의 일상은 어제와 똑같은 모습을 유지하고 있다. 어제까지의 내가 그랬듯이 평범하고 시시한 하루하루가 계속 이어질 거라 믿고 있다.

수업 내용이 하나도 귀에 들어오지 않아 창밖으로 보이는 새하얀 벚나무만 뚫어져라 쳐다보았다. 하늘은 더없이 푸르렀다.

방과 후에 아베 선생님이 교무실로 불러서 왜 지각했냐고 묻기에 그냥 늦잠을 잤다고 했다가 혼이 났다. 선생님은 1학년 때 착실하게 등교했으니 올해도 꼬박꼬박 나오라고 했지만, 지금 내게 그 말은 아무 의미 없는 잔소리로만 들렸다.

앞으로 계속 학교에 다닐 필요가 있을까. 어차피 죽을 텐데 공부는 굳이 안 해도 되지 않을까. 가고 싶은 데 가고, 하고 싶은 걸 하면 되지 않을까 싶었지만, 나는 가고 싶은 곳도 없고 하고 싶은 일도 없었다.

아베 선생님은 다른 말도 했는데 내 귓가에는 닿지 않았다. 건성으로 대꾸하는 내 태도에 기가 차는지 다음부터 조심하라는 말을 끝으로 나를 풀어주었다. 나는 교무실에서 나와 집에 가려고 복도를 따라 걸었다.

신발장 쪽으로 가는 도중에 건물과 건물 사이를 잇는 복도로 오렌지색 빛이 비쳐 들었다. 노을빛이 어슴푸레하게 보이던 건물을 또렷한 색으로 물들였다. 걸음을 멈추고 창밖으로 고개를 돌리자 하얀 비행기구름이 상공에 선을 긋고 있었다.

앞으로 이런 노을을 몇 번이나 더 볼 수 있을까. 문득 사진으로 남기고 싶어져 스마트폰을 꺼내려고 가방에 손을 집어넣었다. 스마트폰이 좀처럼 손에 잡히지 않아서 본격적으로 찾으려고 가방 안을 들여다보았다.

"어……?"

없다, 없다, 없다. 가방에 넣어둔 검은색 봉투가 사라졌다. 누가 봤으면 어쩌나 하는 마음에 식은땀이 줄줄 흘렀다. 나는 허겁지겁 교실로 되돌아갔다.

가케루가 들러붙었던 점심시간이 틀림없다. 오늘은 교실

청소를 안 했으니 아무도 발견하지 못했을지도 모른다. 제발 누구의 손에도 들어가지 않았기를 간절히 바라며 미닫이문에 손을 올렸다.

드르륵, 교실 문을 열어젖히자 봄바람이 복도로 날아들었다. 창가로 눈길을 주니 이쪽을 돌아보는 사람이 한 명 있었다.

"다치나미……."

"신도, 어쩐 일이야?"

창밖으로 펼쳐진 저녁노을이 교실을 주황빛으로 물들였다. 역광이라 네 표정을 알아볼 수 없었다.

"아, 깜빡 놓고 간 게 있어서."

"혹시 이게 그거야?"

뒷짐을 지고 있던 손에서 뭔가가 나타났다. 눈에 힘을 주고 쳐다보니 네 오른손 둘째와 셋째 손가락 사이에 검은색 봉투가 끼워져 있었다.

"그게 왜……."

"쓰레기통 뒤에 떨어져 있길래. 점심시간이 끝나갈 때쯤 내가 주웠어. 그러니까, 본 사람은 나밖에 없어."

네가 내 쪽으로 걸어와 봉투를 돌려주었다. 너는 바들바들 떨리는 내 손에 봉투를 쥐여 주었다.

"역시, 무채병이구나."

머리로 피가 몰렸다. 절망적인 감정과는 반대로 건조한 내 웃음소리가 교실 안을 울렸다.

"그래서, 뭐, 딴 애들한테 말하게?"

"아니, 말 안 하길 바랄 거잖아."

"너 뭐야, 동정하는 거야?"

"뭐라고 해야 할까……."

너는 살짝 난처해하며 머뭇거렸다. 나는 얼떨결에 되받아쳤다.

"네가 무슨 상관인데! 무슨 색이든 다 보이고! 죽음의 공포를 느낀 적도 없잖아!"

목 안쪽이 찢어질 듯 소리를 내질렀다. 네게 이런 말을 해봤자 아무것도 달라지지 않겠지만. 지금 나는 넘쳐흐르는 감정을 제어할 길을 알지 못했다.

"무서워?"

"그래, 무서워! 하루하루가 따분하다고 생각하긴 했어도, 그렇다고 죽기를 바란 건 아니거든!"

어른들은 아직 열일곱 살인 우리를 보며 앞날이 창창하다고 말들 하지만 내게는 하고 싶은 것도, 가고 싶은 곳도 없었다. 1학년 때부터 장래에 어떤 직업을 갖고 싶은지, 어떻게 살고 싶은지, 진로에 관해 묻는 수업이 여러 번 있었다. 프린트물을 나눠주고 굵은 선 안을 채워 넣으라며 연필을 쥐게했다. 정답은 물론 뭐라고 적어야 할지도 몰라서 그냥 빈칸으로 제출했다가 혼난 기억밖에 없다.

이렇게 살아가다 보면 어른이 되고, 취직을 하고, 누군가와 결혼해서 가정을 꾸린다. 노인이 되고, 손주가 생기고, 그러다 죽는다. 지극히 평범해 글로 써서 남길 필요도 없는 그런 인생을 살게 되리라 믿어 의심치 않았다.

그러니 빈칸은 채우지 않아도 된다 생각했다. 언젠가 뭐라고 써야 할지 알게 되는 날이 오면 그때 쓰면 된다고. 그렇게 간단히 죽지는 않겠지 싶었다. 나는 내 앞에 들이닥친 현실을 받아들일 수 없었고, 죽음이 두려웠다.

"그랬구나……."

"그래서, 뭐! 불쌍하니까 선심 쓰듯 내가 죽을 때까지 나랑 사귀어주기라도 하려고?"

너를 곤란하게 만들고 싶었다. 내 힘으로 어쩌지 못하는 현실에 울화통이 터져 얼떨결에 아무 상관없는 네게 분풀이를 하고 말았다. 죽음의 공포 같은 건 알지도 못한 채 당연한 일상이 계속되리라 믿고 있는 너에게.

"좋아."

"어?"

방금 뭐라 했냐고 되물으려던 질문을 네 말이 가로막았다.

"내가 되어줄게, 네 여자 친구."

네가 내 쪽으로 한 걸음 더 다가왔다. 색소가 옅은 네 눈동자에 당장이라도 울음이 터질 것 같은 내 얼굴이 비쳤다.

"네가 죽을 때까지, 1년 동안 내가 네 여자 친구가 되어줄게…… 소야."

네 얼굴에 미소가 번진 순간, 열려 있던 창문으로 세찬 봄바람이 불어 들어와 하얀 커튼과 너의 까만 머리카락이 높이 날아올랐다. 흑백이 대조를 이루며 슬로모션처럼 시야로 날아든 찰나에 네가 내 옷깃을 끌어당겼고…… 우리의 입술이 맞닿았다.

8
/
365
일

너와 계약 연애 하듯 사귀기 시작하고 일주일이 흘렀다. 하지만 일상은 여전히 똑같았다.

우리 사이도 진전이 없었고, 너와 난 날마다 옆자리에 앉아 "안녕?" 하고 인사했다. 시답잖은 이야기를 나누다가 집에 갈 시간이 되면 잘 가라는 인사를 주고받았다. 우리의 관계는 분명 달라졌을 테지만, 눈에 보이는 형태로는 전혀 드러나지 않았다.

"사귀는 거…… 맞겠지."

그날, 석양빛에 물든 교실에서 너에게 내뱉었던 말을 나는 뼈아프게 후회했다.

'불쌍하니까 선심 쓰듯 내가 죽을 때까지 나랑 사귀어주기라도 하려고?'

너는 대수롭지 않게 대답했지만, 그렇다고 내가 홧김에 심한 말을 했던 게 없던 일이 되지는 않는다. 사과해야지 마음만 먹다 일주일을 흘려보냈다.

애당초 나는 다치나미 히나를 좋아하긴 하는 걸까.

"맹세의 키스가 영원토록 입술을 닫게 하리라."

그날 너는 키스한 뒤, 검지를 네 입술에 대고 이렇게 말했다.

"진심이야……?"

기습 키스에 심장이 터질 듯 벌렁대던 나는 고작 이 한마디를 내뱉는 게 다였다.

"응. 이 편지는 우리 둘만의 비밀이야."

너는 검지를 입술에 댄 채 반대쪽 손을 흔들며 교실을 빠져나갔다. 여유로운 네 태도에 어떻게 반응해야 할지 몰라, 교실 문을 잠그러 온 선생님이 내 어깨를 흔들며 말을 붙일 때까지 옴짝달싹 못 하고 서 있던 게 지난주다.

그 일을 머릿속에 그리고 있는데 너는 종례가 끝나자마자 "내일 봐"라며 자리에서 일어났다.

"어? 어, 내일 보자."

반사적으로 대답했다. 멀어지는 네 등을 보다가 정신이
번쩍 들었다. 이러고 있을 때가 아니었다. 오늘은 기필코 사
과해야겠다 마음먹었다.

"소야, 잠깐만……."

"미안, 가케루. 빨리 가봐야 해서."

말을 걸어오는 가케루를 뿌리치고 서둘러 가방을 챙겨 교
실을 빠져나가려는데, 이번에는 리카가 들어와 길을 막았다.

"소야! 뭐야? 뭐가 그렇게 급해?"

"볼일이 있어."

얼른 매듭을 짓고 싶은데 가케루가 또다시 끼어들었다.

"소야, 너 요즘 옆자리에 앉은 다치나미랑 친하던데. 설마
같이 하교하는 거냐?"

"어? 다치나미라면 그?"

리카가 살짝 반응을 보였다. 얘기가 길어질 것 같아서 "진
짜 급해, 나 간다" 하며 두 사람을 남겨두고 교실을 뛰쳐나
갔다.

신발장에서 신발을 꺼내 신고 교문을 통과해 내리막길
을 뛰어 내려갔다. 이 길에 깔려 있던 벚꽃 양탄자는 이제 흔
적도 없이 사라지고 없었다. 대신 나뭇가지에 연둣빛 새잎이
드문드문 돋아나 있었다. 이렇게 계절은 돌고 돈다. 무채병

판정을 받기 전에는 의식조차 하지 않고 당연하게 여겼던 풍경이다.

솔직히 벚나무 꽃잎이 눈에 띄지 않게 돼서 기뻤다. 죽음을 바로 코앞에서 느끼지 않아도 된다는 단순한 이유에서였다.

무채병을 선고받은 지 일주일이 지났지만, 내 눈은 별로 달라진 게 없었다. 본래 무채병은 어느 날 갑자기 시야에서 색이 싹 사라지는 병이 아니라, 1년 동안 서서히 색을 잃어가는 병이다. 그렇기에 겉으로 드러나는 증세가 없을뿐더러 주위 사람이 알아챌 위험도 거의 없다는 특징이 있다.

"참 아이러니……야."

달리는 와중에 목소리가 불쑥 튀어나왔다. 지금껏 아무래도 상관없고 당연하게만 여겼던 온갖 색깔에 이제야 눈이 갔다. 통학로에 피어 있는 샛노란 꽃, 길가의 푸릇푸릇한 초목, 발이 걸려 넘어질 뻔했던 회색 돌멩이. 오고 가는 사람들이 입은 옷이며 그들의 피부색, 하늘을 둘러싼 파란색까지. 무채병에 걸리기 전보다 그 후의 세상이 훨씬 더 다채롭게 보였다.

이윽고 바람에 나부끼는 까만 머리카락과 아담한 등이 시야에 잡혔다.

"다치나미이이이!"

자그마한 등에 대고 큰 소리로 불렀다. 네가 깜짝 놀라서 돌아보자 나는 걸음을 멈추고 어깨를 들썩이며 숨을 고른 다음, 발치를 내려다보면서 심호흡을 했다. 예전에 다쳤던 왼발이 욱신거리고 이마에서는 땀이 비 오듯 흘렀다.

"어머, 땀 좀 봐."

장난기 섞인 목소리. 정신을 차리고 보니 왠지 즐거워 보이는 네가 눈앞에 서 있었다.

"뛰어왔거든."

왼발을 살살 문지르고 발목을 몇 번 돌리니 통증은 어디론가 사라졌다.

"할 말이 있으면 전화로 하면 될 걸."

너는 "연락처 교환했잖아"라면서 주머니에서 손수건을 꺼내 이마에 맺힌 땀을 닦아주었다.

"앗, 괜찮아."

"안 괜찮거든."

"그렇게 깨끗한 손수건으로 닦으면 더러워지잖아."

"뭐야, 손수건은 얼룩이나 땀을 닦으려고 갖고 다니는 건데."

너는 자꾸자꾸 앞으로 다가오고 나는 슬금슬금 뒷걸음질 쳤다. 깨끗한 손수건에 때를 묻힐 순 없다. 네 손에 쥐어진 손수건에는 벚꽃이 그려져 있었지만, 내 눈에는 그냥 흰색으로만 보였다.

"가만히 좀 있어봐."

"……어."

네가 날카로운 눈초리로 명령하면, 나는 잠자코 따를 수밖에 없다. 움직임을 멈추고 땀을 닦는 네 손길을 그대로 받아들였다.

"됐다."

겨우 내 얼굴에서 손을 뗀 너는 어쩐지 또 흐뭇한 얼굴로 웃었다.

"고마워……. 손수건 줘, 빨아서 돌려줄게."

겸연쩍어서 시선을 피하며 손을 내밀었다.

"됐어."

"나 때문에 더러워졌으니까, 내가 빨아올게."

"그럼, 그냥 줄게."

"어?"

그러면서 내밀고 있던 내 손에 손수건을 꼭 쥐여 주었다.

"왜?"

"왜냐면, 너 또 땀 나거든."

그 말을 듣고 오른손으로 이마를 쓸었더니 땀이 묻어났

다. 망했다, 망했어.

"……언젠가 돌려줄게."

"알았어. 근데, 무슨 일이야?"

참, 사과하려고 따라왔지. 너랑 같이 있으면 매번 네 페이스에 말려들고 만다. 이대로는 안 되겠다 싶어서 다시 마음을 가다듬으려 크게 숨을 내쉬고 나서 입을 열었다.

"저기."

"응."

긴장한 탓에 다음 말이 나오지 않았다. 심호흡을 한 번 더 하고 색소가 옅은 네 눈동자를 바라보았다.

"그게 말이야."

"그래."

너는 싫은 기색 하나 없이 생글거리며 뒷말을 기다렸다. 그러고 보니, 너는 언제 어디서나 웃음을 머금고 있었다.

나는 마음을 다잡고 말을 이었다.

"미안."

"응?"

"저번에, 편지 얘기했던 날, 애꿎은 너한테 분풀이하고 말을 심하게 해서."

너는 이제야 생각났다는 듯이 손을 탁 맞부딪쳤다.

"난 괜찮아. 절박한 상황에서는 다들 그러지 않나? 너만 그런 거 아니잖아."

"아니, 그래도. 불쌍하니까 죽을 때까지 나랑 사귀어줄 거냐는 소리도 했고."

"설마, 그 말 하려고 일부러 뛰어온 거야?"

"어…… 응."

내가 너무 한심하다는 생각에 시선이 저절로 바닥으로 떨어졌다. 네 얼굴을 똑바로 쳐다볼 수가 없었다. 그런데 예상치 못한 말이 돌아왔다.

"바아보."

"뭐……어?"

고개를 쳐들자 네가 눈웃음을 짓고 있었다. 일주일 전에 노을이 깔린 교실에서 봤던 미소와는 다른, 부드러운 표정이었다.

"잠깐, 지금, 바보라고 했어?"

"그래."

"내가 왜?"

너는 쿡쿡 소리 내 웃으면서 내 눈을 응시했다.

"네가 싫었으면, 사귀자는 말 같은 거 안 해."

힘이 실린 너의 그 말이 내 머릿속에서 메아리처럼 울려 퍼졌다.

"어? 응? 잠깐, 그건 내가 좋다는 말?"

"글쎄, 어느 쪽일까?"

너는 당황해서 쩔쩔매는 나를 모른 체하고 짓궂은 웃음을 흘리다가 눈을 돌렸다.

"다치나미, 너 말이야."

"내가 뭐?"

"성격 무지 고약한 거 아냐?"

"금시초문인데?"

하하하, 큰 소리로 웃는 너를 보며 생각했다.

"교실에서도 그러면 좋을 텐데."

"뭐가?"

"그러니까, 교실에서도 그렇게 웃으면 좋을 것 같다고."

나는 놀림을 당하고 속이 살짝 꼬여 먼저 발걸음을 뗐다. 쫓아온 너는 나와 걸음을 나란히 했다.

"반에서 나랑 얘기하는 사람은 너랑 야다뿐인걸."

"네가 교실에서 거의 안 웃으니까. 다가가기 뭣해서 그렇지. 우리 반에 너랑 얘기하고 싶어 하는 사람은 널렸어."

"아하. 그럼, 내일부터 네가 나를 웃게 해주면 되겠네?"

"내가, 왜?"

억지도 이런 억지가 없다. 너는 좋은 아이디어라는 듯이 말했지만, 내게 사람을 웃게 하는 재주가 없다는 사실을 네가 모를 리 없었다.

"웃으란다고 무작정 웃을 순 없잖아, 웃을 만한 일이 있어야지."

"가케루가 있잖아, 그 녀석이 얼마나 웃긴데."

"야다랑 같이 있으면 재밌긴 한데, 정신이 나갈 것 같아."

그 말에 풉, 하고 웃음이 터졌다.

"하기야 그 녀석이랑 있으면 기가 빨리지."

"맞아, 좋은 애인 건 알지만, 너무 시끄러워서 좀……."

말을 고르느라 끙끙거리는 네 모습이 우스워서 배를 잡고 웃었다.

"왜 웃어?"

"아니, 의외로 네 표정이 시시각각으로 달라진다 싶어서."

"난, 로봇이 아니거든……."

봐, 또 달라졌잖아. 너는 살짝 발끈한 얼굴로 내 교복 소매를 잡아당겼다.

"암요, 암요."

"너 진짜, 근데 오늘은 이쪽으로 가는 거야?"

네 물음에 고개를 끄덕였다. 이미 수백 미터 전에 우리의 갈림길을 지나쳤다.

"여동생이 유치원에 다녀서 데리러 가는 거야. 엄마가 볼일이 있대서 오늘은 내가 대신."

"여동생이 있구나, 귀엽겠다."

"중학교 1학년짜리 남동생도 있는데, 여동생은 나이 차이가 많이 나서 특히 더 귀여워. 딸 같은 느낌이랄까."

"하하, 그렇겠다."

"보고 갈래?"

"어? 네 여동생?"

나는 고개를 까딱했다.

"오늘, 다른 일 있어?"

"다른 일은 없지만…… 갑자기 낯선 사람을 만나도 괜찮겠어?"

"그건, 걱정 마. 낯도 안 가리고 아무나 잘 따르거든."

유즈는 아직 어린데도 낯가림을 아예 모르고 지냈다. 리카와도 곧잘 어울려 놀았고, 가케루는 유즈를 만난 첫날부터 아주 귀여워 죽으려고 했다. 유즈는 사람을 끄는 재주가 있는 게 아닐까 싶을 정도로 누구에게나 사랑을 받았다.

"근데, 넌 형제가 어떻게 돼?"

"여동생이 하나 있는데…… 지금 중학교 3학년이야."

네게 남자 형제가 있어 보이지는 않아서 물어봤는데, 내 예상이 맞았다.

"아, 둘이 친해?"

"별로……."

"그렇구나."

이야기를 하면서 걷다 보니 시간은 빠르게 지나갔고, 어느덧 유치원 앞에 도착해 둘이 같이 안으로 들어갔다. 떠드는 소리로 왁자그르한 교실로 가서 선생님에게 사정을 이야기하자 유즈를 불러주었다.

"유즈, 오빠가 데리러 왔어!"

"정말요? 오빠아!"

활기찬 목소리와 함께 발소리가 점점 가까워졌다. 그러더니 문 앞에서 유즈가 얼굴을 쏙 내밀었다. 귀엽다. 내 동생이지만 정말 귀엽다.

"오빠!"

"유즈, 선생님 말씀 잘 들었어?"

쪼그려 앉아 얼굴에 눈높이를 맞추면 유즈는 웃으면서 와락 안긴다. 어린아이 특유의 보들보들한 감촉과 온기가 팔에 닿아 나도 모르게 입이 벌어졌다. 어쩌면 나는 여동생밖에 모르는 바보일지도 모르겠다.

"잘 들었어!"

"아유, 착해라. 이제 집에 가자."

"응!"

눈에 넣어도 안 아픈 여동생에게 푹 빠져 있는데 네가 뒤에서 어깨를 콕콕 찌르며 소개해달라고 다그쳤다. "알았어." 짧게 대답하고 일어서서 유즈와 손을 잡았다.

"유즈, 오늘은 이 언니랑 같이 왔는데 괜찮지?"

"리카 언니야? 좋아!"

"아니, 리카가 아니고…… 다치나미야."

"유즈, 안녕. 난 다치나미 히나라고 해."

배시시 웃는 네 얼굴을 찬찬히 들여다보던 유즈가 눈을 반짝거렸다.

"인형 같아!"✽

"뭐?"

"히나? 히, 나, 언니! 히나 언니!"

느닷없이 너에게 가서 안긴 유즈는 기분이 좋아 보였다.

"그럼 안 돼. 다치나미, 괜찮아?"

"아, 귀여워……."

─────────

✽ 일본어로 '히나'는 인형이란 뜻이 있다.

안겨 있는 유즈의 머리를 쓰다듬는 너는 무척이나 온화한 표정을 짓고 있었다.

✽

그렇게 몇 주가 지나고 5월 초순이 되었다. 신록이 온 세상을 지배하기 시작했다. 조금 더 따스해진 바람과 달라진 빛깔에서 시간의 흐름이 느껴졌다.

무채병 판정을 받았던 날, 매달 병원에 와서 검사를 받으라는 말을 들었다. 어차피 치료법이 없으니 검사라는 말을 빌려 경과를 파악하려는 것에 불과했다. 현재 내 눈에서는 분홍색이 사라졌지만 일상생활에는 딱히 문제가 없었다.

가족에게는 수업 마치고 놀다 오겠다며 거짓말을 하고 병원에 갔다. 아직은 들키지 않고 평범한 하루하루를 이어가고 있다.

나는 지금 이대로가 좋은데 죽을병에 걸렸다는 사실을 털어놓는 순간 이 상황이 종료될 걸 알기에 더더욱 숨길 수밖에 없었다.

나는 대체 언제쯤 죽게 될까.

단순히 계산해보자. 1년은 365일이고 지금은 5월 초순이니까, 내년 4월…… 원뿔 세포가 기능을 멈추기까지 약 335일 남았다. 생각보다는 시간이 많았다. 게다가 **약** 1년이라고 했으니 실제로는 더 길지도 모른다.

"시간은 순식간에 흘러가."

그 말에 창가를 바라보며 생각에 빠져 있던 나는 현실로 되돌아왔다.

이곳은 역 앞에 있는 작은 카페다. 창밖으로 오고 가는 학생들의 모습이 보이고, 눈앞에는 따뜻한 블랙커피와 잇자국이 남은 도넛이 놓여 있다. 내 맞은편에는 빈 접시, 그리고 가죽 소파에 몸을 기대고 앉아 지루한 듯 아이스티 잔을 들고 빨대로 달그락달그락 휘젓는 네가 있다.

"그래, 다들 그렇게 말하지."

"그래."

방과 후, 네가 가보고 싶다고 해서 이 카페에 왔다. 역 근처인데도 손님이 별로 없고 차분한 분위기를 풍기는 카페다. 너와 함께 유즈를 데리러 갔던 그날 이후로 수업이 끝나면 둘이서 어디론가 가는 날이 많아졌다.

"우리가 사귄 지도 벌써 한 달이나 됐으니까, 아무 생각 없이 있다 보면 1년은 후딱 지나가버릴 거야."

"나도 알아."

또다시 창가로 시선을 돌렸다.

"근데."

"응?"

턱을 괴고 창밖을 쏘아보면서 대화를 이어갔다. 인적은 잠시도 끊이지 않았다.

"실감이 안 나."

빨대로 휘휘 내젓던 네 손이 멈추자 유리컵 안을 돌고 돌던 얼음 하나가 짤랑하는 소리를 울렸다.

"점점 색깔이 안 보이게 된다는 건 알거든. 어제까지 보였던 색이 흰색으로 바뀌고, 그렇게 이 순간에도 병이 진행되고 있는 건 아는데, 그런데도."

"죽는다는 건 안 믿긴다?"

"응, 안 믿겨."

뜨거운 커피를 한 모금 들이마셨지만 커피는 이미 식어 있었다.

"온화한 죽음을 맞이하는 게 무채병의 특징이라더니 틀린 표현이 아니었나 봐."

"그렇구나……."

"그리고, 가족에게 말할지 말지 계속 고민 중이야."

너는 유리컵을 내려놓고 입을 열었다.

"내 생각을 말해도 돼?"

"말해봐."

"솔직히, 뭐가 맞는지는 모르겠어. 말하는 것과 안 하는 것. 둘 다 옳을 수도 그를 수도 있다는 생각이 들어."

"내 생각도 그래."

틈이 생길 겨를도 없이 내가 이어서 말하자 너는 "그렇지만" 하고 운을 떼면서 나와 눈을 맞췄다.

"나라면, 말 안 해. 들키는 건 어쩔 수 없지만, 내 입으로 소중한 사람에게 말하고 싶지는 않아."

"어째서?"

"그야 내가 곧 죽는다고 하면 가족들이 힘들어할 게 뻔한데, 난 마지막 순간까지 평소처럼 지내고 싶거든. 작별 인사를 해야 하는 마지막 순간까지 평소처럼 지낸다면, 가족들이 나와 함께할 내일을 당연하게 믿어준다면. 어쩌면, 내가 눈을 뜰 때마다 내일이 계속 이어질지도 모르잖아."

"그래."

"마지막에 보는 얼굴은 헤어질 걸 알고 슬퍼하는 얼굴보다 아무것도 모른 채 해맑게 웃는 얼굴이 더 좋거든. 그치만, 이것도 결국 무섭고 뭘 어떻게 해야 할지 몰라서, 상대방도 나도 거짓말로 속이려는 것뿐인지도 모르겠어."

내게서 눈길을 거두고 어딘가 먼 곳을 바라보는 네 얼굴에 애잔함이 묻어났다.

"아무튼 스스로 진지하게 생각해봐. 아직 시간은 있으니까."

"그러게."

네 말에 공감하며 나는 눈을 내리깔았다. 의사 선생님을 제외하고 이 세상에서 내 병을 알고 있는 오직 한 사람이 너라서 다행이라고 생각했다.

나도 뭐가 정답이고 정답이 아닌지 판단이 서지 않았다. 애초에 정답이 있기나 할까.

내가 무채병 환자라는 걸 아는 단 한 사람이 내 마음을 헤아려주었다. 그 사실에 기뻐서 마음이 편안해졌다.

그러고 나서 매일 지나다니는 사거리에서 너와 헤어져 집으로 갔다. 현관문을 열자 엄마가 주방에서 얼굴을 내밀었다.

"오늘 유즈 데리고 공원에 갔다가 리카를 만났는데, 너, 여자 친구 생겼다면서?"

"어?"

"요전에 유즈가 봤다던데? 인형처럼 예쁘게 생겼고 이름은 히나라며? 유즈가 리카한테 얘기하는 거 들었어. 엄마도 보고 싶으니까 다음에 집에 한번 데려와."

난데없이 그런 말을 들으니 괜히 민망해서 나는 "언젠가"

하고 말끝을 흐리며 내 방으로 들어갔다. 그건 그렇고, 리카에게 이런 식으로 알려져도 괜찮을까. 가슴 안쪽이 바늘로 찔린 듯 따끔했다.

이튿날, 학교에 가서 교실 문을 열기 무섭게 친구들이 나를 빙 둘러쌌다.

"……아침부터 뭐냐."

"소야, 너, 언제부터 다치나미랑 사귀었던 거야?"

"엥!"

가케루의 입에서 외마디 소리가 터져 나오고 여자애들은 비명 비슷한 소리를 내질렀다. 아직 가케루에게조차 입도 뻥긋하지 않았던 터라 충격이 큰 모양이었다.

"그거, 누구한테……."

네가 네 입으로 말을 퍼뜨렸으리라고는 생각되지 않았다.

"무슨 일이야?"

때마침 교실에 들어서던 네가 뒤에서 얼굴을 내밀며 대화에 끼어들었다. 나를 에워싸고 있던 남학생 하나가 물었다.

"다치나미, 진짜 신도랑 사귀는 거 맞아?"

너는 눈을 깜빡이며 내게로 시선을 던졌다. 고개를 옆으로 저으며 난 아무 말 안 했다는 뜻을 전하자 너는 알아들었다는 듯이 고개를 끄덕였다.

"사귀는데, 왜, 무슨 문제라도 있어?"

스스럼없이 선뜻 대답하는 너. 주위는 일순 정적에 잠겼다.

"말해도 되는 거였어?"

"사실이고, 숨겨야 할 이유도 없잖아."

태연한 너를 보는 내 입에서 웃음이 새어 나왔다.

"맞아, 우리 사귀어."

네 눈을 빤히 보면서 말했다. 그러자 옆에 서 있던 네가 조금 수줍어했다. 내 가슴은 크게 물결쳤다.

그로부터 일주일이나 지났는데도 우리 둘의 관계는 연일 아이들 사이에 화제로 들끓었다. 고등학생은 왜 이리도 남의 연애에 열을 올리는 걸까. 나는 누가 사귀건 말건 관심이 없었기에 도무지 이해가 안 됐다.

"애들이 흥분 안 하게 생겼냐? 다치나미가 너랑 사귄다는데?"

"좀 알아듣게 말해……."

점심시간에 교실에서 내 생각을 말하자 가케루는 입 안에 흰 밥알을 그러넣고 우걱우걱 먹으면서 젓가락 끝으로 나를 가리켰다. 밥알이 튄다. 더러워 죽겠다.

"무슨 말인고 하니, 예쁘고 공부도 잘하고, 우리 학년에서 제일 잘나가는 여자애가 왜 너를 골랐냐는 거지. 뭐, 너도 여자애들 사이에서는 훈남 소리 좀 듣나 본데, 그래도 나보다 잘생기진 않았잖아."

"네에, 네에, 잘생기고 멋있어서 좋으시겠습니다. 이제 됐냐?"

이 녀석은 정말이지 답이 안 나오는 나르시시스트구나 하면서 다시 빵을 덥석 베어 물었다.

"그건 됐고."

"또, 뭐?"

"다치나미는 어디 갔냐?"

"어?"

늘 옆자리를 지키고 있던 네가 보이지 않았다.

"좀 전까지 있었던 것 같은데."

괜스레 가슴이 철렁했다. 너는 웬만해서는 교실 밖으로 나가지 않았다. 점심시간이면 작은 도시락을 펼쳐놓고 교실에서 혼자 밥을 먹었다.

"참, 너희 둘이 사귄다는 소문은 여자 농구부에서 퍼졌다더라."

"농구부라면 설마…… 리카가?"

자리에서 일어서는 찰나, 마침 복도를 지나가던 리카랑

같은 반인 친구와 눈이 마주쳤다.

"야, 신도. 리카랑 다치나미가 친했었냐?"

녀석이 그렇게 물으면서 우리 반 교실로 들어왔다.

"어? 그럴 리가, 둘이 얼굴도 모를걸?"

"그래? 방금 둘이 같이 계단에 서 있는 걸 봤는데."

나는 그 말을 듣자마자 교실을 뛰쳐나가 계단으로 내달렸다.

"소야, 인마, 기다려!"

가케루가 불러도 앞만 보고 계단을 두 칸씩 건너뛰면서 아래로 내려갔다.

"나도 같이 갈게."

"넌 상관없잖아."

"상관있어, 어쩌면."

애가 타서인지 자칫 발을 헛디딜 뻔한 순간에 가케루가 내 팔을 잡아줘서, 나는 하는 수 없이 고개를 돌려 뒤를 돌아보았다.

"아마도 네가 상상하는 사태가 벌어졌을 거야."

"그렇더라도! 넌 올 필요 없잖아!"

붙잡힌 팔을 뿌리쳤지만 가케루는 다시 내 팔을 잡았다.

"너 혼자 가면 다치나미를 지킬 순 있어도 리카를 맡을 사람이 없잖아."

"……그런 뜻이었냐."

의외로 이성적으로 대처하는 가케루를 보니 내 마음속의 불안감도 조금씩 사그라들었다.

"잘 들어. 만에 하나 분위기가 험악해지거든 넌 여자 친구를 지키는 거에만 신경 써. 나머지는 내가 어떻게든 처리할 테니까."

가케루는 "리카가 성질부리면 수습이 안 되잖아"라고 말하며 어깨를 으쓱했다.

"너 정말, 멋진 놈이다."

여느 때와는 입장이 반대였다. 그만큼 내게는 여유가 없었다. 늘 쿨했던 나는 어디로 간 걸까. 내 절친이 이토록 믿음직한 존재였다니, 너를 만나기 전에는 상상도 못 했던 일이다.

다시 달리기 시작한 나를 쫓듯 뒤쪽에서 경쾌한 발소리가 들려왔다. 계단을 내려갈 때마다 실내화 뒤꿈치가 바닥을 치는 소리가 꾸준히 울렸다. 나는 앞을 보고 달리면서 가케루에게 물었다.

"어디에 있을 것 같아?"

가케루는 숨을 거칠게 몰아쉬면서 대답했다. 그러면서도 뛰는 속도는 줄이지 않았다.

"아마 동아리 건물 뒤편! 전에도 리카가 마음에 안 드는 부원을 거기로 불러낸 적이 있다고 들었어!"

"어휴, 리카는, 대체 왜 그러는 거야?"

1층까지 내려왔을 때, 뒤에서 들려오던 경쾌한 발소리가 뚝 끊겼다. 돌아보니 한 칸 위에 선 가케루가 꼼짝 않고 나를 정면으로 바라보고 있었다.

"가케루…… 뭐 해……?"

"소야."

평소와 다르게 가케루가 진지한 눈빛을 보내며 입을 열었다.

"왜 이러는지, 너도 알잖아."

"어……."

"네가 알면서도 계속 모르는 척하니까 이런 일이 터진 거 아냐?"

그래, 맞아. 알고 있었어. 그러면서 내내 모르는 척 외면했어.

어릴 적부터 나를 향한 리카의 감정으로부터 도망쳐 왔다. 그래서 네가 지금 이렇게 해를 입게 된 거다. 정곡을 찔려 그 자리에서 옴짝달싹하지 못하는 나를 두고 가케루가 한 계단 뛰어내리며 내 옆을 스쳐 지나갔다.

"너랑 다치나미가 사귀든 말든 난 암말 안 해. 오히려 네가 즐거워 보여서 잘됐다 싶었거든."

가케루는 스쳐 지나가며 내 오른쪽 손목을 꽉 잡더니 기고만장한 턱짓으로 앞쪽을 가리켰다.

"다만, 이쯤에서 확실히 짚고 넘어가야 하지 않겠냐?"

"……너, 진짜 멋진 놈이다."

"이제 알았냐."

앞서 달리던 가케루가 잡아당겨서 다리가 꼬일 뻔했지만 그래도 계속 달렸다. 1층 복도를 지나 인파 속을 요리조리 빠져나갔다. 눈앞에 보이는 친구의 등이 너무나도 듬직해서 내 입꼬리가 위로 올라간 게 느껴졌다.

사실 리카에게는 마음에 들지 않는 구석이 여럿 있다. 옆에 있으면 귀찮았던 적도 많다. 그렇지만, 내 소중한 죽마고우라는 사실만은 변함이 없다.

두 건물 사이를 잇는 복도를 지나 동아리 건물 뒤편으로 돌아가려던 차에 리카의 악다구니 소리가 하늘을 찔렀다.

"네가 뭔데! 웃기지 말라 그래!"

한발 늦었다.

그대로 걸음을 재촉하니 너를 밀치며 오른손을 높이 들어 올리고 당장이라도 네 뺨을 갈길 기세인 리카의 뒷모습이 눈에 들어왔다.

"리카, 손찌검은 안 돼."

옆에 있던 친구가 말려도 아랑곳하지 않고 리카는 기어이 네 뺨에 손을 대고 말았다. 짝 소리에 나도 모르게 눈을 감아 버렸다.

"나야! 소야랑 제일 가까운 사람은 나! 나라고!"

자세를 고치고 쪼그려 앉은 네 입가에서 빨간색 액체가 피부를 뚫고 나오는 게 멀리서도 보이자 내 안의 무언가가 끊어지는 소리가 들렸다.

"나라고!"

네 뺨을 한 번 더 올려붙이려 공중으로 쳐올린 손을 본 나는 한달음에 달려가 너와 리카 사이로 뛰어들었다.

"어……?"

리카는 당황한 얼굴로 나를 쳐다보다가 갈 곳 잃은 손을 무기력하게 아래로 내렸다. 주위에 서 있던 리카의 친구들은 일제히 숨을 죽였고, 동시에 나는 등 뒤로 숨긴 너를 돌아보았다.

"늦었잖아."

너는 내 앞에서 안도하는 표정을 지었지만 네 입가에 번진 선명한 붉은색을 본 나는 얼굴을 찡그렸다. 네게 손을 댄

리카를 용서할 수 없는 마음과 제시간에 오지 못한 것에 대한 후회가 한꺼번에 몰려와 내 마음은 갈기갈기 찢겼다.

"미안."

"소야……."

뒤에서 리카가 이름을 부르건 말건 그쪽으로는 눈길 한 번 주지 않고, 웅크리고 앉아 있는 네 앞에 무릎을 꿇었다.

"원래 히어로는 늦게 오잖아?"

네가 엉뚱한 소리를 해서 마음이 조금 놓였다. 하지만 벌겋게 부어오른 뺨은 보기만 해도 통증이 느껴졌다.

"늦어서 미안해."

"괜찮아, 와줬으니까."

손을 뻗어 너를 일으켜 세웠다. 처음 잡아본 조그마한 손에서 미세한 떨림이 전해졌다. 너니까 늘 그랬듯 지금 이 순간에도 아무렇지 않은 척 포커페이스를 유지하고 있을 테지만, 실은 무서웠겠지.

네가 평소보다 훨씬 더 작게 느껴져 무심결에 너를 힘껏 끌어안았다. 너는 뿌리치지 않았고, 나는 내 어깨에 얼굴을 묻고 있는 네 머리를 자꾸만 쓰다듬었다.

"앗, 셔츠에 피 묻겠어."

너는 불쑥 고개를 들고 입가를 눌렀다. 이럴 때는 내 옷이 아니라 너 자신을 걱정하라고 말하고 싶었다. 하지만 이런 행동마저도 너답다고 납득하면서 머릿속에 떠오른 말을 입 밖에 내지 않았다.

"괜찮아."

네 손을 내리고 셔츠 소매로 입가를 닦아주자 너는 살짝 거부하는 듯한 소리를 내며 나를 톡톡 쳤다. 그래도 계속 닦으니 포기했는지 너는 어느새 얌전해졌다.

"왜⋯⋯."

울먹이는 목소리가 들려서 돌아보자 거기에 리카가 혼자 남아 있었다. 멀찌감치 떨어진 곳에서 가케루가 말없이 엄지를 치켜세웠다. 어느 틈에 다른 애들은 다 사라지고 없었다. 아마도 가케루가 돌려보낸 모양이었다.

"왜 걔야? 내가 항상 네 옆에 있었잖아! 소야 옆에는 내가 있었잖아!"

"리카⋯⋯."

나는 너를 가리듯 네 앞으로 나섰다. 줄곧 눈감아왔던 리카의 감정에 답해야 했다.

"왜, 어째서!"

"리카."

제대로 말해야 했다. 말하지 않고 지낼 수 있으면 좋았겠지만, 나 때문에 네가 다치는 걸 더는 보고 싶지 않았다. 생각도 하기 싫었다.

"난, 네 마음을 알면서도 계속 모르는 척 도망쳤어."

울부짖던 리카의 입에서 소리가 사라졌다.

"난, 앞으로도 영영 네 마음을 받아줄 수 없을 거야. 미안해."

리카가 숨을 훅 들이마셨다.

"네가 나한테 소중한 사람인 건 맞아. 그렇지만, 지금까지도, 그리고 앞으로도, 너는 내 오랜 친구일 뿐이야."

"그게, 뭐야……."

무릎이 꺾인 리카가 털썩 주저앉았다. 바닥에 쪼그려 앉아 울던 리카는 시선을 아래로 떨군 채 내게 물었다. 하지만 리카에게 손을 내밀 수는 없었다.

"소야…… 다치나미를 정말로 좋아해?"

리카의 물음에 너와 사귀기로 했던 날이 떠올랐다.

처음에는 당혹스러웠다. 계약 같은 연애, 네가 왜 나와 사귀기로 했는지도 알 수 없었다.

하지만 어느덧 나는 눈으로 너를 좇고 있었다.

너는 나를 이해해주었고, 언제나 내 곁에 있어주었다.

오늘도 네가 걱정되어 내 발이 저절로 움직였고, 나도 모르게 너를 안았다. 그러니 이제는 자신 있게 말할 수 있다. 네가 내 마음속에 들어왔으니까.

"좋아해. 히나를 좋아해."

그러니까…….

나는 리카의 눈을 가만히 쳐다보았다.

"다음에 또 이런 일이 생기면, 난 너를 용서 안 해."

그러고는 네 손을 잡아끌고 그 자리를 떴다. 리카의 울음소리만이 등 뒤에서 울려 퍼졌다.

내일부터 우리는 다시 원래대로 돌아갈 수 있을까. 아마도 그러지 못하겠지. 둘이서 웃으며 뜀박질하던 그때로는 두 번 다시 돌아가지 못할 것 같다.

우리는 소중한 무언가를 얻기 위해 다른 소중한 것을 잃으면서 살아간다. 지금 내가 너를 선택하고 오랜 친구의 손을 잡지 않은 것처럼.

리카가 내게 소중한 존재라는 건 분명한 사실이다. 하지만 그보다도 너를 지키고 싶은 마음이 더 컸다.

네 손을 잡고 빠르게 걷는데 손바닥이 땀에 젖어 축축해졌다.

"소야?"

너는 작은 목소리로 나를 부르더니 내 얼굴을 들여다보려는 듯 고개를 비스듬히 돌렸다. 그 동작이 마치 작은 동물 같아, 좀 전에 있었던 일이 드디어 끝났다는 게 실감 났다.

"무사해서 다행이다……."

색소가 옅은 예쁜 눈동자가 나를 말끄러미 쳐다보자 내 입에서 무심코 안도의 숨이 흘러나왔다. 몸에서 힘이 빠져나갔다.

나는 동아리 건물 1층 계단 뒤편의 좁다란 공간에 휘청휘청 주저앉았다. 너는 서서 나를 내려다보았다. 손은 계속 마주 잡고 있었다.

"미안."

"네가 왜 사과를 해? 넌 잘못한 게 없는데."

"아냐, 나 때문이었어."

너는 눈을 내리깔고 나를 보다가 나와 눈높이를 맞추려고 몸을 낮췄다.

"넌, 아무 잘못, 없어!"

너는 내 이마를 세 번 콕콕 찌르면서 그렇게 말한 다음, 웃으며 고맙다고 했다.

"타이밍이 좋았잖아."

"이미 한 대 맞은 후였는데도?"

"그래도 두 번째는 안 맞았잖아."

네가 무심한 얼굴로 덤덤히 말해 나는 살짝 짜증이 일었다.

"넌 화도 안 나?"

"왜 화가 나는데?"

"난데없이 불려 가서 맞았잖아. 보통은 그렇게 태연히 못 있지."

너는 "그렇구나" 하며 손뼉을 탁 치고 나서 내 오른손을 붙잡았다. 작고 가늘고 하얀 손가락이 내 손을 살포시 감쌌다.

"물론 화도 나고 겁도 났어."

"그런데?"

"근데, 난 걔가 왜 화를 내는지 알 것 같았거든."

"뭐?"

너는 내 손가락 사이로 사르르 깍지를 끼고 꽉 쥐기를 거듭 되풀이했다. 손가락을 이렇게 저렇게 놀리는 동안에도 너는 말을 멈추지 않았다.

"어릴 때부터 쭉 좋아했잖아. 물론, 사람을 때리는 건 나쁜 짓이지만. 소야가 자기랑 사귀기 전에 다른 애랑 먼저 사귄다니까, 참을 수 없는 감정이 폭발했을 거야. 그게 아니었다면, 네가 나타난 뒤에도 나를 계속 때렸겠지."

"……"

"실은 무서웠어. 이런 일은 처음 당했으니까. 그치만."

너는 내 손을 두 손으로 감싸고 네 가슴 앞으로 가져가더니 눈을 감고 기도하듯이 말했다.

"네가 나를 구하러 온 걸 보니까 하나도 안 무섭지 뭐야. 진짜 히어로였어."

나는 다시 한번 고맙다고 인사하며 미소 짓는 너를 확 끌어안았다.

너는 왜 이리 착하고 멋진 걸까. 내 문제에 너를 끌어들이고 말았다. 그런데도 너는 불평은커녕 오히려 고맙다고 했다.

심장 박동 소리가 요란하게 고막으로 밀려들었다. 화끈 달아오른 양 뺨을 숨기려고 네 어깨에 얼굴을 푹 파묻으니, 이번에는 코끝을 간질이는 달콤한 샴푸 향에 현기증이 일었다. 내게 폭 안긴 너는 힘을 주면 부러질 듯 가냘팠다.

이 순간이 일분일초라도 더 오래 이어지길 바라는 마음과는 반대로, 열이 오른 몸을 네게서 떼어내려고 힘을 뺐다. 그런데 네가 내 등에 팔을 두르는 바람에 심박수가 더 상승했다.

터질 듯 아픈 가슴이 내게 처음 느껴보는 감정을 가르쳐주었다.

"너, 뭐 해?"

일부러 목에 힘을 주고 눈은 살짝 피하면서 질문을 던지는 내 시선 끝에, 긴 머리에 칼라가 달린 연한 분홍색 원피스를 입은 여자아이가 손가방을 무릎에 올리고 그네에 앉아 있었다. 귓가에 꽂은 빨간색 머리핀이 새까만 머리카락 사이에서 유난히 눈에 띄었다.

"데리러 올 때까지 기다리는 거야."

여자아이는 눈을 내리깔고 작은 소리로 대답했다.

"한 시간 가까이 계속 거기 앉아 있던데."

"아빠가 일이 바빠서."

내 쪽을 한 번도 보지 않는 여자아이에게 살짝 골이 난 나는 뒤로 가서 그 애가 앉아 있는 그네 위에 올라섰다. 큰 소리가 나며 그네가 흔들렸다.

"갑자기 무슨 짓이야!"

깜짝 놀란 여자아이는 급히 손가방을 어깨에 메고 두 손으로 사슬로 된 그넷줄을 꽉 잡으며 나를 올려다보았다.

"이래야 보는구나."

나는 여자아이를 향해 웃어 보였다. 여자아이는 한순간 몸이 굳었다가 길게 숨을 내쉬었다.

"소야, 축구 안 할 거야?"

"응, 너네끼리 해!"

멀리서 들려오는 리카의 목소리에 그렇게 답하고 손에 들고 있던 축구공을 던졌다.

"가서 놀아."

여자아이가 못마땅하다는 듯이 말해서 나는 이렇게 대답했다.

"그러면 네가 혼자잖아. 아빠가 데리러 올 때까지 같이 놀자."

"난 놀기 싫어."

센 척하며 얼굴에 표정을 드러내지 않는 아이였다. 하지만 어쩐지 외로워 보였다.

"그럼, 왜 그렇게 쓸쓸한 표정을 하고 있어?"

뜨끔했는지 여자아이는 입을 다물었다.

아, 이런. 나는 어떻게든 화제를 바꾸려고 내 소개를 시작했다.

"나는, 소야라고 해. 신도 소야, 열 살이야. 넌?"

"……나는 아홉 살. 초등학교 4학년이야."

"나도! 나도 4학년이야!"

신학기가 시작됐을 무렵이었다. 예년보다 늦게 핀 벚꽃은 어제 내린 비 때문에 다 떨어져버렸다.

높이높이 올라가고 싶어서 있는 힘을 다해 발을 굴렀다.

"미하나다 공원에 자주 와?"

"별로……."

"그렇구나, 난 여기서 맨날 축구 하면서 노는데."

"……축구 좋아해?"

"응, 축구 선수가 내 꿈이야."

"멋진 꿈이다."

그네가 하늘 높이 올라가자 내내 어두운 얼굴을 하고 있던 여자아이가 고개를 들고 꽃처럼 활짝 웃었다. 내가 첫사랑에 빠진 순간이었다.

"어, 응, 그렇지?"

쑥스러워서 무뚝뚝하게 대꾸했다. 침묵이 이어졌고, 그걸 견딜 수 없었던 나는 더 세게 발을 구르면서 말했다.

"벚꽃! 버엇, 꽃이 다 떨어져버렸어!"

엉겁결에 목소리가 살짝 뒤집혔다. 여자아이가 하늘을 올려다보며 작게 중얼댔다.

"사쿠라나가시."

"응?"

"비가 와서 벚꽃이 떨어지는 거. 그걸 사쿠라나가시라고 한대. 엄마가 가르쳐줬어."

"사쿠라나가시……."

"여어!"

여자아이를 부르는 남자의 목소리가 들렸다.

"아, 아빠다!"

여자아이는 살포시 웃으며 때마침 속도가 줄어든 그네에서 뛰어내려 달리기 시작했다.

"위험하잖아."

내가 그네에 선 채로 말하자 여자아이는 돌아보면서 "미안" 하고 말했다. 나는 재빨리 그네에서 뛰어내리며 여자아이에게 말했다.

"또 보자."

여자아이는 "고마워" 하고 웃으며 아빠에게로 갔다. 가다가 다시 한번 돌아보더니 나를 향해 큰 소리로 말했다.

"또 만나자, 소야!"

✺

그때, 꿈에서 깨어났다. 어린 시절의 추억은 이렇게 가끔 꿈에 나타난다.

그 여자아이. 분명히 들었는데도 그 애의 이름은 기억나지 않는다. 우리 둘의 이름에 중요한 관계가 있었던 것 같은데⋯⋯.

오른손을 얼굴에 대고 이름을 생각해내려 애썼지만 이번에도 실패하고 얼굴에서 손을 뗐다. 침대에서 몸을 일으켜 커튼을 걷었다.

"아, 오늘도 비다⋯⋯."

머리맡에 놓인 알람 시계가 6시 정각을 가리켰다. 일어나기에는 아직 이른 시간이지만 잠이 싹 달아나서 그냥 일어나기로 했다.

지금은 6월. 끈적끈적한 더위가 신경을 건드리는 가운데,

내 눈에서는 빨간색이 사라져가고 있었다. 연분홍은 물론이고 짙은 분홍빛도 더는 보이지 않았다. 한 달 전쯤에 네 입가를 물들였던 빨강도 이제는 떠올릴 수조차 없었다.

시야에서 색깔이 점점 사라지자 요즘 들어 나는 새삼스레 두려움을 느꼈다. 색이 보이지 않는 것과 당연하던 것들이 사라진다는 사실이 나를 두렵게 했다.

옅은 분홍빛을 볼 수 없게 된 시기가 봄이었기에 그 존재감은 유난히 두드러졌었다. 즉 내 눈에서 가장 먼저 사라지기 시작한 색은 빨간색 계열이다. 빨강은 일상 속에 널려 있어서 그 색이 사라진 걸 눈치 못 채려야 못 챌 수가 없었다.

반소매 여름 교복을 입고 집을 나섰다. 등교할 때쯤에는 비가 그쳐 햇빛을 반사하는 아스팔트가 반짝반짝 빛났다. 자전거에 올라 엉덩이를 들고 페달을 힘껏 밟았다. 모조리 기분 탓으로 돌리고 싶었다. 내가 죽어간다는 사실도, 죽음의 공포를 느끼고 있다는 사실도.

한 달 전에 그 일이 있은 다음 날, 리카는 용서를 빌기 위해 우리 반 교실을 찾아왔다.

"내가 잘못했어."

리카는 부루퉁한 얼굴로 어색해하면서도 마음에서 우러나오는 사과를 했다. 그 모습을 본 너는 두 손을 모아 리카의 머리를 내리쳤다.

"아얏!"

"엇!"

"어?"

나와 가케루는 머리를 감싸 쥐는 리카를 힐끗 보다가 무심코 얼빠진 소리를 내고 말았다.

"이걸로 비긴 거다."

너는 화를 내지도 않고 리카의 손을 잡으며 함박웃음을 지었다. 정말이지 너라는 애에게는 못 당하겠다 싶었다.

"너한테는 못 당하겠어."

내 속마음과 똑같은 말이 리카의 입에서 흘러나왔다.

그날 이후로 둘은 급격히 친해지더니, 이제는 성이 아니라 이름을 부르는 사이*가 되었다.

"여자들은 못 말려……."

그날이 떠올라 자전거 페달을 밟으면서 입속말로 중얼거렸다. 문득 눈앞에 낯익은 까만 머리카락이 바람에 나풀거리는 게 보였다. 반소매 셔츠 밖으로 나와 있는 투명한 피부에 눈이 부셨다. 자전거를 세우고 한쪽 발을 땅에 붙이며 이름

---

* 일본에서는 가까운 사람끼리 성이 아닌 이름을 부른다.

을 불렀다.

"다치나미."

"소야."

너는 돌아서서 희색을 감추지 않으며 내 이름을 불렀다.

겨우 이 정도 일에 가슴이 고동쳤다. 내 시야에서 색이 차츰차츰 사라지고 있는 게 분명한데도, 그 순간만큼은 주위 풍경이 선명한 빛깔을 머금은 듯한 느낌마저 들었다.

"안녕? 오늘은 자전거 타고 왔네?"

"응."

그렇게 물으면서 걸어오는 네게 나는 한 가지 아주 평범한 제안을 해보았다.

"뒤에, 탈래?"

"응?"

"둘이 같이 타자고."

그렇게 말하자 너는 또다시 수줍게 웃으며 고개를 까딱였다.

"소야, 딱 걸렸어."

교문 앞에 너를 먼저 내려주고 자전거 보관소에 들러 자전거를 세운 다음, 건물 출입구에서 기다리고 있던 너와 나란히 교실로 들어서는데, 문 안쪽에서 가케루의 얼굴이 불쑥 나타났다. 놀란 나는 그만 가케루와 박치기를 하고 말았다.

"아악!"

"윽…… 갑자기 뭐냐, 가케루."

가케루가 머리통을 부여잡고 나를 째려보았다.

"누가 할 소릴! 진짜 아프거든."

"미안, 너무 놀라서 그만."

"네 방어 본능은 정상이 아니야, 소야."

가케루는 눈에 눈물이 그렁그렁한 채로 이마를 문지르면서 네게 인사를 건넸다.

"안녕…… 다치나미."

"안녕, 야다. 아프겠다."

"그러게, 네 남자 친구 때문에……."

"그건 그렇고, 할 말이 뭐냐."

화제를 돌리려고 말을 내뱉자 가케루는 책상을 한 번 쾅 내리치고 나서 우리에게로 시선을 쏘았다.

"아침부터 말이지! 자전거는 둘이 타면 안 된다는 교통 법규를 위반하면서 등교하신 두 분!"

"그만해라……."

"참, 둘이 타면 안 되는 거였지."

"저랑 같이 불꽃놀이 보러 갑시다!"

순간 정적이 휩싸였다.

"뭐어?"

그리고 영문을 모르겠다는 듯한 너와 내 목소리가 포개졌다.

"둘 다 그따위로 쌀쌀맞게 대답하면, 나 운다."

"미안, 별 뜻 없었어. 진심으로 무슨 소린지 몰라서 그랬어."

"다치나미, 너, 요즘 차가워졌어."

가케루가 훌쩍훌쩍 우는 시늉을 했지만, 나는 무시하고 다음 얘기로 넘어갔다.

"왜 같이 가는데?"

"나랑 소야랑 다치나미, 그리고 리카도 불러서 넷이서 불꽃놀이 보러 가자고."

"그러니까, 네 말은 넷이 같이 놀러 가자는 거냐?"

"빙고!"

"말 좀 헷갈리게 하지 마. 리카도 부른다는 말을 먼저 했어야지. 정말 셋이 가자는 줄 알았잖아."

"나, 그렇게 용기 있는 사람 아니거든."

자기는 커플 사이에 끼어들지 않는다며 다시 훌쩍대기 시작한 가케루에게 뭐라고 대답해야 할지 망설여졌다. 그 사건이 있고 난 뒤로 리카와는 왠지 모르게 어색해졌기 때문이다. 그런 내 걱정 같은 건 모르는지 네가 먼저 입을 열어버렸다.

"친구들이랑 불꽃놀이…… 한 번도 안 가봐서 가보고 싶어."

"앗싸, 그럼 결정!"

"너, 진심이야?"

내가 괜히 귀찮다는 듯한 목소리로 묻자 너는 새초롬한 표정으로 내 셔츠 소맷부리를 잡아당겼다. 나는 그 동작이 너무도 사랑스러워 시선을 피하며 항복하듯 양손을 들어 올렸다. 헤벌쭉해진 내 얼굴을 보이고 싶지 않아, 눈이 마주치지 않도록 하면서 대화를 계속했다.

"네, 네. 가요, 갑니다."

"여자 친구 말이라면 끔뻑 죽네, 죽어."

"그치만, 불꽃놀이보다, 기말고사가 코앞이야."

이런, 까맣게 잊고 있었다. 네 말에 나와 가케루는 저절로 얼굴을 마주 보았다.

"기말고사……."

가케루는 새파랗게 질린 얼굴로 그 말을 내뱉었다. 나는 들고 있던 양손을 내려 얼굴을 감싸며 그대로 책상에 엎드렸다.

"평소에 공부했으면, 걱정할 거 없어."

"안 했으니까 걱정하는 거거든!"

너의 그 말에 가케루는 서러움을 담아 목소리를 높였다. 전교 1등의 입에서 나온 말이 가슴을 푹 찔렀다.

그날 방과 후부터 불꽃놀이 축제를 보러 가기로 한 멤버 네 명은 우리 반 교실에 모여 같이 공부를 하게 되었다.

내 대각선 앞자리에 앉은 리카와 불현듯 눈이 마주쳤다. 나는 슬그머니 눈을 피했다. 리카가 우리 둘 사이에 흐르는 미묘한 분위기를 쓸어버리려는 듯 밝은 목소리로 말했다.

"히나는 대단해. 평소에도 꾸준히 공부하고."

단 한 번도 전교 1등을 놓친 적 없는 수재, 중위권 아래를 맴도는 나, 하위권 중간에 속하는 리카, 그리고 뒤에서 3등을 차지한 얼간이 가케루까지.

"하나도 모르겠다. 난 포기."

"야다, 그 문제는 그렇게 푸는 게 아니야."

"선생님, 저도 포기하고 싶어요."

"리카 학생, 다시 처음부터 해볼까요?"

지옥을 그림으로 그리면 이렇지 않을까. 어째서인지 너는 내 공부는 봐주지 않았고 나는 창밖을 보며 숨을 토해냈다. 너는 리카를 위해 고전문학 교과서를 펼치고, 가케루를 위해

수학 문제집을 풀었다.

기말고사. 오늘 아침에 그 말을 듣고 가슴이 좀 답답해졌다. 이번 기말고사에는 색채 감지 검사가 포함되어 있다. 1년에 한 번씩 해오던 검사를 올해부터는 7월에 한다고 했다.

덜컥 겁이 났다. 시야에서 색이 사라지고 있음을 모르는 건 아니지만, 지금 내 눈이 볼 수 있는 정도가 정확한 결과로 드러난다는 사실이 나를 두렵게 했다. 아무리 발버둥 쳐봤자 결과는 달라지지 않겠지만.

"소야?"

네 목소리가 내 사고 회로에 정지 신호를 보냈다. 정신을 차린 내 눈앞에는 책상머리에 고개를 박고 있는 가케루와 머리를 쥐어뜯으며 끙끙대는 리카, 그리고 조금 걱정스러운 얼굴의 네가 있었다.

"괜찮아?"

"미안, 잠깐 딴생각하느라."

어색한 웃음을 흘렸다. 아아, 이번에도 너에게 내 속마음을 들킬 것 같다. 아무래도 난 거짓말에는 영 소질이 없나 보다.

"그래."

아무 일도 없었다는 양 너는 내게서 시선을 거뒀다. 역시 들켰구나.

집에 가는 길에 네가 또 "무서워?" 하고 물어오려나. 무섭지 않다고 허세를 부려도 너는 금방 알아차린다.

"그나저나, 다치나미."

문제집을 풀다 지쳤는지 가케루가 문득 생각났다는 듯이 입을 열었다.

"왜?"

"넌 왜 그렇게 머리가 좋아? 예전부터 그렇게 계속 공부한 거야?"

"아…… 맞아, 그랬던 것 같아."

너는 리카의 고전문학 점수를 매기다 손을 멈추고 잠깐 생각하는 듯하더니 다시 웃으면서 채점을 계속했다. 네 두 눈은 노트에 꽂혀 있었다.

"우리 집은 부모님이 엄했거든. 어릴 때부터 공부를 엄청나게 시킨 데다 피아노, 발레, 영어 회화 등 별별 학원에 다 다니게 해서 친구들과 놀 시간이 전혀 없었어."

"와…… 부잣집 아가씨였네."

"리카, 끼어들지 좀 마. 계속해봐."

"고마워, 야다. 그래서 처음에는 친구가 꽤 많았는데, 차츰 하나둘씩 멀어지더니 결국 난 혼자가 됐어. 그래도 부모님이 좋아하니까 괜찮다고 생각하면서 열심히 공부했어."

옛날 일을 아련히 떠올리듯 너는 펜을 거머쥔 채로 천천히 이야기를 이어갔다.

"근데, 그건 얼마 못 가서 끝났어. 내게는 여동생이 하나 있는데, 걔가 무지 똑똑하거든. 아빠가 여동생한테 기대를 걸기 시작했어. 자기 뒤를 이어주길 바란다면서. 그렇다고 딱히 불만은 없었어. 난 다른 길을 찾으면 된다고 생각했으니까."

네 옆얼굴에는 미소가 걸려 있었지만, 어쩐지 짠해 보였다.

"그때 알았어. 나는 부모님이 깔아둔 레일 위를 달리기만 했구나. 친구랑 놀지도 못하고 모든 걸 희생하면서 지나온 그 길에는 아무런 의미가 없었어. 도대체 뭘 위해 지금까지 참고 살아왔나 싶더라고."

처음 듣는 네 얘기에 나는 가슴이 아렸다.

"그래서 그동안 참고 포기했던 일들을 지금 맘껏 해보는 거야. 친구랑 수다 떨면서 놀고, 남자 친구랑 웃으면서 걷고. 지금까지 가보지 못한 곁길도 걸어보고 놀기도 했는데, 전부 다 너무 재밌어. 난 너희 세 사람한테 고마울 따름이야. 나랑 같이 있어줘서."

고개를 든 네 뺨은 살짝 풀어져 있었고 더는 쓸쓸함이 느껴지지 않았다.

"히나!"

리카가 너를 꽉 껴안았다. 같은 마음인지 눈가가 촉촉이 젖어 있었다.

"우린 친구잖아! 같이 실컷 놀자!"

"응."

"너, 여자 친구한테 잘해라."

가케루는 딴 데를 쳐다보면서 코를 훌쩍거렸다.

"알았어."

"잠깐 휴식! 내가 음료수 사 올게!"

"나도 같이 갈게!"

"야, 너네 도망치는 거냐."

"걱정 마, 소야랑 히나 것도 사 올게!"

밖으로 뛰어나간 두 사람의 목소리가 점점 멀어졌다.

"……도망쳤네."

"공부도 한숨 돌리면서 해야지."

"너, 즐거워 보여."

"친구들이랑 시험공부하는 것도 처음이거든. 너랑 있으면 처음 경험하는 일들이 가득해."

네가 낯 뜨거운 대사를 입에 올리니 듣고 있는 내가 다 민망해서 고개를 떨궜다. 보지 않아도 들뜬 목소리 때문에 네가 웃고 있는 모습이 눈에 선했다.

"하아."

쑥스러움을 감추고자 내 입에서는 또 얼빠진 소리가 새어 나왔다.

"남자 친구를 사귀는 것도 처음. 자전거를 둘이 같이 타는 것도 처음. 방과 후 데이트도 처음. 키스도 처음."

"엇, 첫 키스……와 첫 남자 친구?"

"응."

너는 망설임 없이 대답했다.

"그럼, 그날 그 키스가……."

나는 우리가 사귀기로 했던 날을 떠올렸다. 너는 고개를 끄덕였다.

"에이, 설마……."

"내가 그렇게 연애 경험이 풍부해 보여?"

"아니, 그건 아니지만."

맹세가 담긴 그 키스가 나뿐 아니라 너에게도 첫 키스였다니. 그렇게 분위기에 휩쓸려서 해버려도 되는 거였을까.

나는 여전히 네가 무슨 생각을 하는지 알 수 없었다. 아니, 어쩌면 너는 아무것도 생각하지 않는, 그런 사람일지도 모르겠다.

"지금, 실례되는 생각했지?"

"어떻게 알았어?"

"넌 솔직해서 얼굴에 다 티 나거든."

"헉……."

앞으로 조심해야지 마음먹다가도 하루아침에 쉽게 바꿀 수 있는 게 아니라는 걸 알고 그 생각을 떨쳐냈다.

하지만 나는 네 페이스에 말려드는 게 싫지 않았다.

"근데, 이제 얼마나 안 보이는 거야?"

"아……."

슬슬 물어올 때가 됐다 싶었다. 너는 우리가 사귄 뒤로 한 달이 지날 때마다 내 상태를 확인했다.

"말하기 싫으면 안 해도 돼."

"아냐…… 빨간색이 조금씩 안 보이기 시작했어. 붉은빛을 띤 갈색이나 빨간색에 가까운 오렌지색 같은 것도."

"으음…… 그 정도 속도로 진행되는구나."

"응."

정적이 우리를 휘감았다.

"아무렇지 않아."

나는 그렇게만 말했다. 속으로는 견디기 힘들 만큼 불안

했지만 그런 마음을 내보이기 싫었다.

"그래."

더는 궁금하지 않다는 듯한 무미건조한 말투였다. 하지만 지금의 내게 너의 그 말은 사랑이 가득 담긴 말처럼 들렸다.

❖

"이걸 어떻게 아냐고⋯⋯."

아무에게도 들리지 않게 혼잣말하듯 중얼거렸다.

기말고사 마지막 날, 마지막 시험이 기어이 찾아왔다. 나는 남들에게는 선명하게 보일 눈앞의 화면을 노려보면서 머리를 쥐어뜯었다.

그렇다, 바로 색채 감지 검사였다. 우리는 컴퓨터실로 이동해 컴퓨터 화면에 나타난 색깔을 보며 보이는지 안 보이는지 체크했다. 결과는 곧바로 의료 센터로 보내지기 때문에 학교 측이 보게 될 일은 없었다. 그것만이 유일한 위안이었다.

어떡하지, 정말 모르겠다. 나는 초조했다. 눈앞에 비친 색깔 중 절반 이상이 흰색 아니면 회색으로 보였다.

화면에는 '빨간색 계열'이라고 적혀 있었다. 병이 진행되고 있다는 사실을 모르지 않았지만, 두려움이 밀려들었다.

일상 속에서 너무도 자연스럽게 색이 사라졌고, 내 눈은 거부감 없이 그 색을 흰색이나 회색으로 받아들였기에 이 정도로 안 보이는 줄은 몰랐다.

컴퓨터실은 냉방이 세게 틀어져 있었다. 추운데도 식은땀이 흘렀다. 마우스를 클릭하던 손가락은 갈 곳을 잃고 방황했다. 얼마나 눈을 비비고 머리를 긁어댔는지 모른다. 문득 정신을 차렸을 때는 마치는 시간을 알리는 종이 울리고 있었다.

"끝났습니다, 화면의 종료 버튼을 눌러주세요."

감독관의 말에 다들 환호성을 내질렀다.

"드디어 끝났다!"

남달리 목소리를 크게 낸 사람은 가케루였다. 나는 가만히 종료 버튼을 누르고 가방을 쌌다.

"괜찮아?"

뒤에서 네가 말을 붙여왔다. 걱정스레 지켜보는 네 얼굴을 보며 나는 다 같이 시험공부를 했던 그날처럼 괜찮은 척 웃어 보였다.

"아무렇지 않아."

뺨을 어설프게 끌어올리며 웃었다. 안타깝게도 이게 지금 내가 지을 수 있는 최대한 밝은 표정이었다. 그런데 네가 느닷없이 내 팔을 잡아끌고 걷기 시작했다.

"뭐야…… 다치나미?"

컴퓨터실에서 나간 뒤에도 너는 걸음을 멈추지 않고 복도를 성큼성큼 걸었다.

"다치나미, 어디 가는데?"

대답도 없이 너는 무작정 걸었다. 네가 나를 데려간 곳은 지난날 그 계단 뒤편이었다. 리카에게 불려 간 너를 구하러 갔다가 너를 꼭 안았던 곳. 너는 내 손을 놓고 거기 앉아 두 팔을 벌렸다.

"자."

"뭐야, 뭐 하자는 거야."

일단 네 앞에 웅크리고 앉았다. 그러자 갑자기 네가 나를 그러안았다.

"어, 어?"

당황했지만 네 두 손이 내 머리를 감싸고 있어서 꼼짝도 할 수 없었다.

"괜찮아."

네 목소리가 내 귀에 날아들었다. 등 뒤로 둘러진 너의 한쪽 팔이 내 교복을 꽉 움켜잡고 있다는 걸 알 수 있었다.

"괜찮아."

그 말만 반복하면서 천천히 내 머리를 쓰다듬어주던 자그마한 손. 나는 네 어깨에 얼굴을 기댔다. 몸을 떨고 있는 사람이 나인지 너인지 알 수 없었다.

"네가 거짓말하면 다 보여."

머리 위에서 속삭이는 듯한 목소리가 내려왔다. 알고 있었구나. 그날도 오늘도 내가 강한 척했다는 걸. 눈물이 왈칵 쏟아질 것만 같았다.

"고마워……."

억지로 짜낸 내 목소리는 네 귀에 가닿았을까.

"병세가 확실히 진행되고 있습니다."

"그렇군요……."

그날 나는 수업을 마치고 정기 검진을 받으러 병원에 갔다. 선생님은 바로 앞에 놓인 의자에 몸을 기대고 마우스를 딸깍딸깍하며 일주일 전에 받았던 내 색채 검사 결과를 훑어보았다.

"빨간색 계열은 이미 절반 이상 안 보이는 것 같군요. 이제 진분홍 같은 분홍빛은 하나도 안 보이죠?"

"안 보이는 것도 안 보이는 거지만요."

"그런데요?"

"그게 어떤 색이었는지도 기억이 안 나요."

나는 선생님의 눈을 쳐다보면서 그렇게 말했다.

"무채병 환자의 눈에서 사라진 색깔은 기억 속에서도 사라집니다. 떠올리는 것도 불가능하죠. 색깔이 되돌아오는 경우는 없어요. 혹시 그런 일이 일어난다면 기적이라 부를 수밖에 없죠."

아아, 그랬구나. 그래서 도무지 생각이 안 나는 거였다. 기억 속의 선명했던 색채가 흑백에 침식되고 있었다.

선생님이 말을 이었다.

"난 머지않아 하늘이 어떤 빛깔을 띠고 있는지 모르게 될 거야. 나무들이 무슨 색인지도. 사랑하는 사람이 뺨을 발그레 물들이며 수줍게 웃어도 알아보지 못하겠지."

"네?"

"그러니까, 마지막 순간까지 사랑하는 사람 곁에서 그 사람이 바라보는 세상을 함께 보고 싶어. 온 세상이 흑백의 지배를 받는 그날까지. 그게 내 소원이야."

선생님은 마치 드라마 대사 같은 말을 읊조리고 나서 나를 보며 어색한 표정을 지었다.

"이건 당신처럼 무채병에 걸린 환자가 내게 했던 말입니다."

"나처럼……."

"마지막까지 어떤 식으로 살아갈지는 스스로 결정할 문제니까 나는 뭐라 참견하지 않겠습니다. 그러나 신도 군이 소중한 사람들과 어떻게 지낼 것인가는 무척 중요한 문제라고 생각합니다."

소중한 사람을 떠올려보았다. 가족, 친구, 소꿉친구…… 여자 친구. 내가 병에 걸린 걸 알면서도 내 곁을 지켜주는 너. 내 심장이 멈추는 때가 찾아오면 너는 어떤 얼굴을 하게 될까.

그날, 너에게 사귀어줄 거냐고 물었던 말, 그 말에 실린 무게를 나는 이제야 알 것 같다. 나는 아직도 너를 좋아한다는 솔직한 마음을 전하지 못했다. 물론 네가 리카에게 불려갔을 때 너를 좋아한다고 말하긴 했어도 그건 너를 향해 한 말이 아니었다. 네게서 나를 좋아한다는 말을 들은 적도 없다.

이대로 계약 연애 같은 걸 계속해 나갔을 때, 그 끝에서 우리를 기다리는 건 무엇일까. 너는 내가 솔직하다 말했지만, 해야 할 말을 하지 못하고 가슴속에 숨기고 있는 내가 과연 솔직한 사람일까. 두려움 때문에 진심을 전하지 못하는 나는 그저 겁쟁이일 뿐이다.

어느덧 무더운 여름이 시작되었다. 자꾸만 달라붙는 앞머리가 거슬리는지 너는 한숨을 푹 내쉬었다.

"게릴라성 집중 호우……."

"그렇게 말하면, 기분이 확 처져."

"그럼, 뭐라고 하는데?"

"여우비."

"이건, 그렇게 깔끔한 느낌의 비가 아니잖아."

우리는 둘 다 흠뻑 젖어서는 오래된 가게 앞 처마 밑에서 비를 피했다. 지르퉁한 네 얼굴 위로 시선을 떨어뜨렸다. 우리는 방과 후 집에 가던 도중에 갑작스러운 폭우의 공격을 받고 머리부터 발끝까지 쫄딱 젖고 말았다.

"교복이 들러붙어서 찝찝해."

"진짜."

젖은 피부에 닿은 바람이 뜨뜻미지근했다. 너는 치맛자락의 물기를 짜내고 손수건으로 젖은 머리를 훔쳤지만, 별로 효과가 없는 눈치였다.

침묵이 우리 둘 사이를 메운 지 얼마나 흘렀을까. 포기한 듯 손수건을 집어넣던 네가 불쑥 입을 열었다.

"비가 그치는 것처럼 무채병도 나으면 좋을 텐데."

무릎을 감싸고 쪼그려 앉은 네가 혼잣말하듯 입술을 움직였다. 너는 그런 약한 소리를 한 적이 한 번도 없었다.

"뜬금없이 무슨 소리야."

나도 천천히 허리를 숙이며 네 옆에 앉았다. 지금 이 순간, 세상을 지배한 건 너와 내 목소리, 그리고 그칠 줄 모르고 내리는 빗소리뿐이었다.

"무채병 치료법이 없다는 건 말도 안 되는 소리야. 분명히 있을 거야."

"그래도, 지금은 없잖아."

"아직은 실용화 단계가 아닐지 몰라도, 틀림없이 가능하게 돼 있어."

"오늘 왜 그래, 안절부절못하고."

평소와 달리 너는 막다른 골목에 몰린 사람처럼 굴었다.

"너는, 안 초조해?"

"이래 봬도 정신적으로 충격이 커."

속도가 빠르지는 않지만 눈에 보이는 색깔은 나날이 줄어들고 계절은 자꾸만 흘러갔다. 이런 상황에서 어떻게 마음을 졸이지 않고 견딜 수 있을까.

다음에는 어떤 색이 사라질지 매일매일 생각하게 된다.

죽음의 편지를 받은 4월 6일부터 하루도 빠짐없이 내 방 달력에 가위표를 치고 날짜를 계산하면서, 속으로는 나도 모르는 사이에 최후의 순간을 향한 카운트다운을 하고 있었다.

얼마 전에는 네 어깨에 기대 울 뻔했던 적도 있을 만큼 생각보다 가까이에서 죽음의 공포가 나를 압박하는 하루하루가 이어졌다.

불현듯 지난번 병원에 갔던 날의 기억이 되살아났다. 내가 죽은 후에 너는 어떻게 될까. 어떤 마음으로 지내게 될까.

'내가 죽고 나면 너는 어떻게 할 거야?'라는 그 물음은 끝내 소리가 되지 못하고 사라져버렸다.

❇

그 주 토요일은 쨍쨍 내리쬐는 태양을 피하듯 방에 콕 틀어박혀 있었다.

에어컨을 켠 방에서 하드를 입에 물고 의자를 뱅글뱅글 돌리며 멀거니 천장을 바라보았다. 이틀 뒤면 무채병에 걸린 지 딱 100일이 된다. 현재까지 이 사실을 아는 사람은 주치의와 너밖에 없다.

다 먹은 하드 막대를 잘근잘근 씹으면서 책꽂이에서 노트

한 권을 빼냈다. 병을 통보받은 날부터 끼적여온 노트다.

산뜻한 라이트블루 색상의 이 노트는 화창한 하늘이나 푸른 바다와는 같고…… 벚꽃과는 반대되는 색이다. 한 장 한 장 넘기면 그 속에 내 속마음이 담겨 있다.

새 페이지를 펼쳐 오늘도 진심을 적어 넣었다.

"98일째. 이틀만 지나면 100일이다."

입으로 소리를 내면서 샤프를 움직였다.

'시간은 눈 깜짝할 사이에 흘러간다. 나는…… 나는, 죽고 싶지 않다.'

그렇게 적었다가 다시 박박 지웠다. 희미한 흔적이 남았다.

"쓰면 어때……."

스스로에게 말해봤지만, 오른손은 의지를 굳힌 듯 움직이려 들지 않았다. 여기에 글로 써버리면 뭔가가 달라질 것만 같았다.

그랬다, 너를 만난 후로 내게는 살고 싶다는 소망이 생겼다. 그러니까 이 말은 쓰면 안 된다. 써버리면, 내가 죽는다는 사실을 인정하는 것처럼 보여 네가 화를 낼 것만 같았다.

손이 멎어 정적에 잠긴 방 안에 돌연 스마트폰 알림음이 울렸다.

"깜짝이야…… 누구지……?"

노트를 덮고 스마트폰을 확인해보니 네게서 문자가 와 있었다.

'내일 야다랑 리카랑 같이 불꽃놀이 보러 가기로 한 거 안 잊었지?'

기말고사를 앞두고 넷이서 놀러 가자고 약속했던 일이 떠올랐다.

"참, 내일이었지."

절반쯤 가위표로 뒤덮인 달력을 확인했다. 7월 13일. 다른 일정 따위 있을 리가 없었다.

'가야지. 어디서 만날래?'

이렇게 보내자마자 바로 답장이 왔다. "그렇다는 건 지금 한가하다는 뜻이군" 하며 문자를 읽었다.

'그럼 내일 5시, 역 앞 광장.'

'오케이.'

답장을 보내고 침대로 몸을 던졌다. 그러자 노트도 같이 떨어지면서 내 얼굴을 때렸다.

"아야……"

떨어질 때 펼쳐진 페이지에 적혀 있는 글자들이 내 눈을 파고들어 나는 반사적으로 몸을 일으켰다.

'아직 다치나미에게 좋아한다는 말을 직접 전하지 못했다.'

"맞다……."

나는 침대에 도로 드러누웠다.

연애를 시작하고 97일이 지나도록 그 말을 하지 못한 건, 단지 내가 부끄럼이 많아서만은 아니었다. 네가 나를 좋아하는지 어떤지 잘 모르겠다는 것도 그런 이유 중 하나였다.

하지만 가장 큰 이유는…… 솔직하게 좋아하는 마음을 고백하고 지금보다 더 진지하게 사귀게 되면, 내가 너를 두고 떠날 각오를 해야만 하기 때문이다. 내 병이 나을 확률은 1퍼센트도 안 되니까.

만약 좋아한다고 말하고, 너와 진지하게 사귀게 되면…… 나는 결국 너를 혼자 두고 떠나게 된다. 그 사실을 견딜 수 없어서 지금껏 말하지 못했다.

"있잖아, 다치나미. 먼저 떠나는 나를 용서해줄래?"

스마트폰 화면에 떠 있는 네가 보낸 귀여운 이모티콘에게 물었지만, 대답은 돌아오지 않았다.

태양이 모조리 녹여버릴 기세로 이글이글 타오르는 시간에 나는 약속 장소인 역 앞 광장에 서 있었다.

시각은 오후 4시 50분. 가로등 주위에 세워진 철책에 엉덩이를 걸치고 집에서 가져온 페트병을 얼굴에 갖다 댔지만 이미 미지근해진 후였다.

"아, 더워 죽겠네……."

손으로 칠부 소매 셔츠의 옷깃을 붙잡고 부채질해도 별 효과가 없었다. 5시가 가까워졌는데도 저물 기미가 보이지 않는 태양을 보며 나는 한 차례 한숨을 내쉬었다.

"집에 가고 싶다."

이런 무더위 속을 돌아다니는 건 너무나도 괴로우니 지금 당장 에어컨이 빵빵한 우리 집으로 되돌려놔달라고 빌었다.

그때,

"여."

하는 짧은 인사와 함께 내 손 안에서 페트병이 쓱 빠져나 갔다. 고개를 드니 흰색 반소매 셔츠를 어깨까지 말아 올린 가케루가 서 있었다.

"으악, 하나도 안 시원하잖아."

남의 음료수를 함부로 빼앗아 싹 비우고는 불평을 내뱉다니. 한결같이 제멋대로 행동하는 가케루에게 할 말을 잃은 나는 한 번 더 한숨을 쉬었다.

"한숨 쉬는 버릇 들면, 복 달아난다."

"이게 누구 때문인데?"

"나 때문이라고?"

"알면서 뭘 묻냐."

가케루는 멀찍이 떨어진 쓰레기통을 향해 빈 페트병을 던졌다. 멋지게 골을 넣고 좋아하는 가케루를 위해 마지못해 박수를 쳐줬다.

"근데, 다들 아직이야? 내가 제일 늦을 줄 알았는데."

"내 말이. 네가 제시간에 오다니 별일이야."

"그러게, 기적이 일어난 게 분명해. 나도 놀랐다니까."

그렇다, 가케루에게는 약속 시간이라는 개념이 없다. 약속 시간 따위는 신경도 안 쓰고 지각을 밥 먹듯이 한다. 그런 녀석이 제시간에 오다니, 오늘은 해가 서쪽에서 뜬 게 아닐까 싶었다.

"아, 왔다."

나는 걸터앉아 있던 철책에서 일어나 가케루가 손을 흔드는 쪽으로 눈을 돌렸다.

"엇, 리카, 유카타* 입고 왔네…… 다치나미도?"

흰색 바탕에 노란색 꽃이 그려진 유카타를 입은 리카 뒤로 유카타 차림의 네가 보였다.

숨이 멎는 듯했다. 너는 리카와 대조되는 남빛에 물색 꽃이 피어 있는 차분한 느낌의 유카타를 입고 긴 머리카락은 뒤에서 하나로 묶었다. 귀밑으로 살짝 삐져나온 머리카락 몇 가닥이 너의 고운 목덜미에 닿아 있었다.

지나가는 사람들의 시선이 네게로 쏠렸다. 유난히 새하얀 피부에 평소와 다른 분위기를 자아내는 네가 가까이 다가오며 나를 쳐다보았다. 그 순간, 색소가 옅은 네 갈색 눈동자 속

❀ 목욕한 뒤나 여름철에 입는 무명 홑옷.

으로 빨려 들어갈 것만 같았다.

너를 처음 봤던 그날처럼 시간이 멈춘 듯한 느낌이 들었다.

"……소야, 소야."

"엇, 으응."

어느새 바로 코앞에 와서 선 너를 보며 나는 탄성이 섞인 소리를 냈다.

"왜 그래?"

너에게 넋이 팔려 있던 주제에, 막상 네가 말을 걸자 아무 일도 아니라며 무뚝뚝하게 대답해버렸다.

차마 네 모습에 마음을 빼앗겼다고 실토할 수는 없는 노릇이었다.

"늦어서 미안해. 준비하느라 시간이 오래 걸렸어."

"미리 말해줬으면 내가 데리러 갔을 텐데."

"그런 부탁까지 할 순 없지."

웃음 짓는 네가 여느 때보다 훨씬 더 매력적이어서 나는 엉겁결에 눈을 돌려버렸다.

"불꽃놀이 날, 여자는 유카타래서 이렇게 차려입고 와봤습니다! 어때?"

"옷이 날개라는 말이 괜히 있는 게 아니었네."

"까불지 마, 야다."

가케루는 괜히 입을 놀렸다가 리카에게 얻어맞았다. 바보냐, 가만히 있으면 될 걸 괜히 매를 번다. 멀찍이 서서 그 광경을 지켜보고 있는데 네가 내 앞에서 빙그르르 한 바퀴 돌았다.

"어때? 안 이상해?"

보통 때의 여유 있는 표정은 온데간데없고 걱정스러운 얼굴로 묻는 너를 보니 웃음이 나왔다.

"왜, 왜 웃어?"

'그야 네가 평소랑 다르니까'라고 속으로만 말하고 너를 보며 계속 웃었다.

"잘 어울려."

이제 막 꿈같은 시간의 막이 올랐다.

역 앞 광장에서 불꽃놀이가 열리는 장소까지는 걸어서 10분 남짓 걸렸다. 행사장이 가까워질수록 발 디딜 틈이 없을 만큼 사람이 많아졌다.

"사람 진짜 많다."

축제답게 눈앞에는 야키소바며 솜사탕을 팔거나 금붕어 건지기 게임 같은 걸 하는 포장마차가 늘어서 있고, 그 앞에는 사람들이 줄지어 서 있었다. 포장마차가 빽빽이 들어선 길 위는 사람들이 뿜어내는 활기로 넘쳐났다.

"일단, 뭐 좀 먹을래?"

눈빛을 빛내는 리카에게 가케루가 한마디 날렸다.

"넌, 먹을 생각밖에 없지?"

"입 다물어."

오늘도 사이가 좋은지 나쁜지 헷갈리게 으르렁거리는 두 사람을 보며 네가 웃고 있었다. 이런 것도 괜찮네. 부러운 눈길로 둘을 바라보는 너를 보니 그런 생각이 들었다.

그러고 보니, 나는 작년에도 리카와 가케루, 다른 친구들을 따라 이 불꽃놀이를 보러 왔었다. 그때는 솔직히 들끓는 인파에 질려 집에 가고 싶다는 생각만 간절했고, 신이 난 친구들을 보면서도 뭐가 그리 좋은지 이해할 수 없었다.

유카타를 쫙 빼입고 매력을 발산하려 애쓰는 여자들과 흥분하는 남자들. 땀이 뚝뚝 흐르는 열기와 소음으로만 들리던 목소리. 하늘을 장식한 빛으로 만든 꽃조차도 도무지 예뻐 보이지 않았다.

하지만 네가 내 옆에 있자 이 모든 것들이 아름다워 보였다. 어쩌면 나는 참 단순한 인간인지도 모르겠다.

"아, 저쪽! 다코야키 먹으러 가자!"

"좋아, 좋아."

"야, 가케루, 리카, 떨어지면 안 돼!"

달려가는 두 사람을 불러 세웠지만 둘은 순식간에 사람들의 물결 속으로 사라져버렸다.

"말도 안 돼……."

내가 머리를 감싸 쥐자 네가 괜찮다고 말했다.

"금방 전화하겠지."

"그렇담 다행인데."

너는 스마트폰을 꺼내 두 사람에게 문자를 보냈다.

"문자 보면 연락하라고 보냈어."

고맙다고 말하려던 참에 누가 네게 몸을 부딪쳐왔다.

"엇!"

나막신을 신은 탓인지 균형을 잃고 넘어질 뻔한 너를 내가 잽싸게 몸을 움직여 받아냈다. 네 얼굴이 내 어깻죽지에 탁 닿았다. 서로의 몸이 밀착하자 목구멍으로 침이 꼴깍 넘어갔다.

"미안해! 괜찮아?"

얼굴을 든 너와의 거리가 생각보다 더 가까워서 나는 무심코 딴 데로 눈을 돌렸다.

"난 괜찮아. 다치나미, 안 다쳤어?"

"안 다쳤어. 사람이 많으니 조심해야겠어……."

네가 아무 일도 없었다는 듯이 몸을 떼자 살짝 아쉬운 마음이 들었다.

"맞다."

"왜?"

너는 내 셔츠 소매를 살며시 움켜쥐고 만족스러운 표정을 지었다.

"이러면 안 놓칠 거야."

싱긋 웃는 네가 눈부셔서 나는 얼른 또 눈을 피했다.

"가자."

"응."

뒤에서 잰걸음으로 따라오는 너를 보니 괜히 초조하고 불안한 마음이 들어 소매를 붙잡고 있던 네 손을 떼어냈다.

"어……."

네가 입술을 열자마자 나는 네 손을 잡고 걷기 시작했다.

"이게 더 걷기 편하잖아."

벌게졌을 얼굴을 최대한 감추기 위해 비어 있는 오른손으로 입가를 가리고 천천히 걸음을 옮겼다. 너의 웃음소리가 귓가에 닿았지만, 나는 옆으로 고개를 돌리지 않았다. 이런 얼굴은 절대로 보여줄 수 없다.

"네 말이 맞아."

맞잡은 네 손이 따뜻했다. 나는 마주 잡은 손을 끌며 인파

속으로 섞여 들었다.

우리는 이따금 샛길로 들어가 포장마차에서 산 다코야
키를 나눠 먹기도 하고, 네가 산 솜사탕을 한 입씩 먹어보기
도 했다. 빙수 때문에 새파랗게 물든 혀로 물엿을 묻힌 과일
사탕을 빨고 있는 너의 옆모습에 나는 시선을 빼앗겼다. 또
도통 잡히지 않는 금붕어를 건져 올리려 열을 올리기도 하
고, 사격 게임에서 경품을 넘어뜨렸을 때는 하이파이브를 나
누기도 했다.

어느덧 8시가 가까워졌다. 리카와 가케루는 문자를 확인
하지도 않고 연락도 없었다. 곧 불꽃놀이가 시작될 시간이었
다. 우리 둘은 더는 지체하면 안 될 것 같아 높은 지대에 자리
잡은 공원을 향해 걸음을 재촉했지만 거기엔 아무도 없었다.
이 공원은 작년에 왔을 때 발견한 숨은 명당이다.

구름사다리와 미끄럼틀이 하나로 이어진 놀이 기구에 걸
터앉으려고 보니, 올록볼록한 발판 부분에 모래가 끼어 있었
다. 호주머니에서 손수건을 꺼내 네가 앉을 자리에 깔았다.
나는 네 왼편에 앉아 등 뒤의 작은 계단에 몸을 기댔다.

자리에 앉았다고 해도 어린애들이 노는 놀이 기구의 발판
일 뿐이다. 조금 벌어진 내 발이 네 발에 닿을 만큼 가까웠다.
좀 전까지 손을 맞잡고 있었는데도 좁은 간격 때문에 심장이

쿵쾅거려 살짝 떨어지려고 가장자리로 몸을 붙였다.

팔짱을 끼고 오른쪽을 쳐다보니 너는 두 손을 무릎 위에 가지런히 모으고 있었다.

"오른쪽에 앉으니까, 느낌이 색달라."

"학교에서는 항상 왼쪽이니까."

내가 사격 게임에서 딴 작은 강아지 인형을 쓰다듬으며 네가 중얼거렸다.

"……재밌었어."

"……나도, 둘 다 금붕어를 한 마리도 떠 올리지 못할 줄은 몰랐지만."

"너무 어려웠어, 금붕어 건지기 게임은 진짜 오랜만에 해 봤거든."

"다치나미, 너 뜰채 단박에 찢어먹었잖아."

내가 그때를 생각하며 웃으니 너는 뾰로통한 얼굴로 내 손을 찰싹 때렸다.

"하나도 안 아프거든!"

"아이참…… 자기도 한 마리도 못 건졌으면서."

"그렇게 나오면, 할 말이 없지만."

우린 서로 쳐다보다 웃음이 터졌다.

"다코야키는 너무 뜨거웠어."

"맞아, 혀에 화상 입는 줄 알았어."

"소야, 솜사탕 한 입만 먹겠다더니, 한 입이 너무 컸어."

"그건 이미 여러 번 사과했잖아."

일부러 볼에 바람을 넣고 말하는 너를 보며 나도 되받아쳤다.

"빙수도, 진짜 웃겼어."

"혀를 식히기엔 딱 좋았지만, 이번에는 파랗게 돼버렸지."

"과일 사탕도 맛있었어."

"다치나미, 너, 과일 사탕이 잘 어울리더라."

"뭐래."

"그냥 그렇다고."

둘이서 별이 총총히 빛나는 밤하늘을 올려다보며 오늘 있었던 일들을 하나하나 곱씹었다.

"사격 솜씨가 좋아서 놀랐어."

"아, 옛날에 남동생이 경품 따달라고 하도 졸라서 축제 때마다 잘 맞힐 수 있게 연습했거든."

"매년?"

"응, 매년."

지금까지의 여름 축제를 떠올려보았다. 동생을 데리고 다니며 구경하느라 포장마차 게임 실력이 쌓였다. 앞으로는 쓸

모없을 능력이다 싶었는데, 너를 즐겁게 해줬다면 그걸로 족했다.

"오늘, 즐거웠어."

"……그래."

갑자기 공기가 차분하게 내려앉았다.

"오늘이 끝나지 않았으면 좋겠다고 생각했어."

"나도."

너와 내 마음이 같다는 걸 알고 가슴 안쪽이 뜨거워졌다.

"오늘, 넌, 나랑 만난 순간부터 내내 눈을 맞추려 하지 않아서……."

너는 혹시 내가 재미없어 하는 건 아닌가 했다면서 말을 이었다.

"아, 그건."

"그건 뭐?"

우리의 시선은 줄곧 별이 반짝이는 하늘에 고정되어 있었다.

"그건, 그러니까, 유카타가 너한테 너무 잘 어울려서. 뭐라고 말해야 하나, 나도 모르게 눈을 피해버렸어."

네가 눈을 돌려 내 쪽을 보는 기색이 느껴졌다. 그래도 나는 똑바로 앞만 쳐다보았다.

"고마워."

너의 목소리와 함께 하늘에 큼지막한 꽃송이가 피어올랐다. 커다란 소리에 우리의 몸이 저절로 떨렸다. 반사적으로 팔짱을 끼고 있던 팔이 풀리고 기대어 있던 등이 꼿꼿이 펴지면서 네 어깨에 살짝 닿았다.

"깜짝이야……."

"깜짝이야……."

똑같은 소리가 옆에서도 흘러나왔다.

"찌찌뽕."

"찌찌뽕."

나는 웃음을 참지 못하고 너를 보며 소리 내 웃었다.

"웃겨."

"진짜."

너는 웃음을 그치고 밤하늘을 올려다보았다. 나도 옆에서 너처럼 하늘로 눈을 돌렸다.

공중에 떠오른 꽃들은 피었다가 지고 비처럼 내리다가 재로 변했다. 소리를 내며 피어오른 커다란 꽃은 파란색에서 회색으로 옷을 갈아입으며 사라졌다. 내 눈앞에 펼쳐진 하늘은 때때로 흑백사진처럼 보였다.

아마도 저건 빨간색 계열이겠지. 파랗게 빛나다가 붉게

변하기 때문에 내 눈에는 회색으로 보이는 거였다. 군청색 하늘을 수놓은 꽃들은 군데군데 잿빛을 띠고 있어, 언뜻 예쁘지 않다 싶다가도 작년에 봤던 불꽃보다 훨씬 예뻐 보여서 신기했다.

선명한 빛이 네 얼굴을 비추어 눈동자가 반짝거렸다. 감동한 나머지 입을 약간 벌린 모습은 얼빠져 보이면서도 귀여웠다. 너는 밤하늘에 정신이 팔려서 내가 쳐다보고 있는 것도 알아차리지 못했다.

두 손을 모아 가볍게 손뼉을 치는 너는 제 나이에 걸맞은 여자애였고 평소의 너와는 달랐다.

그런 네 표정을 보자 나는 말하고 싶어졌다. 할까 말까 내내 망설였던 그 말을.

"봐봐, 소야, 방금 파란색 불꽃이 엄청나게 커서……"

돌아보는 네 입술에 입을 맞추며 말을 잘랐다. 천천히 입술을 떼자 놀란 네 얼굴이 바로 코앞에 있었다.

"네가 좋아."

그 말이 네게로 날아간 뒤, 하늘에는 또다시 꽃이 피어올랐다.

"실은 끝까지 말 안 하려다 하는 거야. 내가 말해버리면, 마지막 순간에 너를 슬프게 할 게 분명하니까. 하지만, 속마음을 계속 감출 수 있을 만큼 요령 있는 사람이 아니거든, 나는."

색소가 옅은 네 예쁜 눈동자를 들여다보며 나는 다음 말을 이었다.

"너를 좋아해, 히나. 나랑 정식으로 사귀어줄래?"

네 눈시울이 젖어 들었다. 굳은 표정으로 뭔가 말하려는 네 입술이 파들거렸다.

"좀 더 일찍 말해주지."

너는 울음 섞인 목소리로 그렇게 말하고는 눈을 내리깔았다. 그러더니 두 손을 뺨에 대고 얼굴을 가렸다.

"꿈만 같아."

"꿈일지도."

"한여름 밤의 꿈?"

"응, 단 한 번뿐인 꿈."

"그럼, 두 번 다시 눈뜨지 않기를 빌어야겠어."

네가 불쑥 일어나더니 내 품으로 뛰어들었다.

"나도 눈뜨지 않기를 빌어도 될까?"

"물론이지, 절대로 깨지 않을 거야."

"그 말은, 예스라고 받아들여도 돼?"

"응, 나도 네가 좋아."

밤하늘에는 잇달아 불꽃이 솟아올랐지만, 너의 까만 머리카락만이 지금 내 세계의 전부였다. 우리는 마주 안고서 그날처럼 입술을 포갰다.

혹시 이게 꿈이라면 절대로 깨지 않기를, 비록 하룻밤의 꿈이라 할지라도 이 순간이 영원히 계속되기를 빌었다.

이튿날에는 몸이 저절로 그 공원을 찾아갔다. 곧 해가 질 시간이었는데, 푸릇푸릇한 이파리가 그득한 벚나무 아래에 놓인 벤치에 앉자 여름 바람이 내 뺨을 스치며 지나갔다. 대낮과는 공기부터 다르고 어딘가 애처로움마저 느껴지는 이 시간이 나는 좋았다.

"역시 여기 있었네."

익숙한 목소리에 고개를 쳐들자 리카가 한 손에 편의점 봉지를 들고 서 있었다. 리카는 봉지에서 두 개가 붙어 있는 쭈쭈바를 꺼내 반으로 나누더니 하나를 내 쪽으로 던졌다.

"나이스 캐치!"

땅에 떨어뜨리지 않고 잡아내긴 했지만 리카가 왜 여기 있는지 짐작이 가지 않았다.

"고맙습니다, 하고 먹기나 해."

"무슨 꿍꿍이야?"

"그냥 할 얘기가 있는데, 여기 있을 것 같아서 와봤어."

그렇게 말하면서 리카는 옆에 앉아 쭈쭈바를 쪽쪽 빨았다.

"어제는 재밌었어?"

"재밌긴 재밌었는데…… 너네 너무 제멋대로인 거 아냐?"

결국 불꽃놀이가 끝나고 나서야 리카와 가케루를 다시 만났다.

"뭐야, 새삼. 이제 적응한 줄 알았더니."

"적응하기 싫거든."

늘 그랬듯 아무 영양가 없는 얘기를 주고받았다. 리카가 하고 싶은 말이 뭔지는 모르지만, 나도 쭈쭈바를 입에 물었다.

"소야."

"왜."

"히나, 좋아해?"

"뜬금없이 뭐냐."

"그냥 대답해줘."

어이가 없어서 한숨이 나왔다. 한결같이 성가신 녀석이다. 그런 걸 물어서 어쩌자는 건지.

"좋아해, 정말 좋아해."

"그렇구나."

"그래."

둘이서 묵묵히 쭈쭈바만 빨고 있으니 어린 시절로 돌아간 기분이 들었다. 우리는 같이 있어도 가만히 말을 아낄 때가 있었다. 그건 서로가 뭔가 할 말이 있어서 말을 꺼내기 위한 침묵이었다. 나도 알고, 리카도 알아서, 말을 고르기 위해 조용히 흘려보내는 시간이었다.

리카가 너를 불러낸 그날 이후로 넷이서 수다를 떨거나 놀러는 가도 이렇게 리카와 둘만 있는 시간은 한 번도 없었다.

나는 그날을 계기로 달라져버린 우리 사이의 거리가 다소 껄끄러웠다.

"전에도 말했듯이."

"어."

"나는 소야가 좋아. 너를 정말 좋아했거든. 난 아주 어렸을 때부터 네 뒤를 따라다녔잖아. 네 옆에서 손을 잡고 걷고 싶었고, 앞으로도 쭉 같이 있을 거라 믿었어."

"……."

"내내 좋아 '했었어'. 하지만, 이제 그만하려고. 이루어질 수 없다는 걸 알았고, 무엇보다."

리카는 거기서 말을 끊고 일어서서 나와 눈을 맞췄다.

"넌 히나랑 있을 때 제일 잘 웃으니까."

"아……."

"몰랐어? 진짜 즐거워 보여. 소야도, 히나도. 그러니까 좋아했었다고 말하고 싶었을 뿐이야, 난. 아, 후련하다."

십 년 묵은 체증이 내려간 듯 시원시원한 리카의 표정을 보며 나는 뭐라 할 말이 없었다.

리카가 나를 좋아한 건 그저 오래전부터 옆에 있던 사람이 나였기 때문이라고 생각했다. 너를 불러낸 것도 어린애가 옆에 두고 갖고 놀던 아끼는 아기는 장난감을 빼앗기기 싫어서 떼를 쓰는 것과 같은 감정이라 여겼다. 그래서 리카의 마음이 얼마나 진지한지 알아차리지 못했다.

"소야, 히나한테 잘해줘."

"……알았어."

"약속한 거야."

원래의 밝은 얼굴로 돌아온 리카는 내 등을 한 대 때리더니 그대로 돌아갔다.

날이 저물어가는 여름날의 저녁, 시원한 바람만이 공원에 홀로 남겨진 나를 감쌌다.

이젠 보이지 않지만 노을이 불타고 있을 저녁 하늘을 향해 손을 뻗었다. 어떻게 하는 게 옳았을지 생각해본들 답이 나오지 않으리란 건 잘 알고 있었다.

왠지 네가 너무 보고 싶어져 나는 주머니에서 스마트폰을 꺼냈다. 주소록을 열고 통화 버튼을 누르려다 손가락이 멈췄다.

"뭘 망설이는 걸까, 나는."

너를 보고 싶고 목소리도 듣고 싶은데, 버튼을 눌러야 할 엄지손가락이 움직이지 않았다.

"전화해서 뭘 어쩌게."

'여보세요, 방금 리카한테서 날 좋아했었다는 고백을 들었어.' 뭐 이런 말이나 하려고?

너는 목소리만 듣고도 나에게 무슨 일이 있다는 걸 눈치채겠지. 또 너에게 기대는 모양새가 될 것 같아 말하기 싫어졌다.

어느 틈에 스마트폰 화면 위로 새까만 어둠이 내려앉아, 나는 그걸 도로 주머니에 집어넣었다. 그런데 주머니에 넣기 무섭게 부르르 진동이 느껴졌고 나는 놀라서 작게 소리를 질렀다.

"으아…… 누구야."

다시 스마트폰을 꺼내 화면을 쳐다보니 거기에 '다치나미 히나'라는 이름이 표시되어 있었다. 타이밍이 기가 막혔다. 통화 버튼을 누르려던 손가락은 이번에도 멈칫했다.

열 번 넘게 진동이 울리다가 전화가 끊겼다. 뭐에 마음이 놓였는지는 모르지만 나는 무심코 길게 숨을 내쉬었다.

이게 아닌데, 그렇게 네 목소리가 간절히 듣고 싶었으면서 막상 전화가 걸려오자 얼어붙고 말았다.

"등신."

자조적인 웃음이 새어 나왔다. 나는 언제부터 이런 인간이 됐을까. 적어도 너와 만나기 전에는 이러지 않았는데. 남의 감정 따위는 내 알 바 아니었기에 신경 써본 적도 없었다.

"대단해."

손에 들린 스마트폰이 또다시 몸을 떨었다. 화면에는 이번에도 네 이름이 떠올랐다.

"이번에도 안 받으면 안 되겠지."

떨리는 엄지손가락에 힘을 주고 통화 버튼을 눌렀다.

"여, 여보세요."

목소리가 뒤집혔다. 전화기 너머에서는 아무 말이 없었다.

"다치나미?"

"히나."

"어?"

"어제는 히나라고 불렀잖아."

"아."

"이제 정식으로 사귀는 사이 아니었나요? 신도."

너는 불만스러운 목소리로 일부러 나를 성으로 불렀다.

"아, 응. 그래, 하나."

너를 성이 아닌 이름으로 부른 건 딱 두 번, 리카가 너를 불러냈을 때와 어제 고백했을 때뿐이지만 몹시 익숙한 느낌이 들었다.

"응."

흡족해하는 목소리가 돌아왔다. 전화로 목소리를 들으니 평소보다 네 감정이 잘 읽혔다.

"웬일이야? 무슨 일 있어?"

"네가 나를 부르는 것 같길래 걸어봤어."

"어……?"

나는 숨을 삼켰다. 결국 내 속마음까지 꿰뚫어 볼 수 있게 된 건가 싶어서 어찌할 바를 몰랐다.

"거짓말이야."

"거짓말?"

"리카한테서 전화가 왔는데, 자기가 소야를 난처하게 만들었다면서 나한테 뒷일을 부탁한다더라고."

"리카가?"

조금 전 내 눈앞에서 멀어져가던 오랜 친구의 모습이 떠올랐다.

"……어휴, 바보라니까 걔는."

나를 난처하게 만든 게 아니라 자기가 상처 입었으면서.

"둘이 무슨 일 있었어? 말 안 해도 대충 예상은 되지만."

"어떻게 알았어?"

"글쎄, 어떻게 알았을까."

너는 의기양양하게 웃었다. 그건 가르쳐주지 않겠다는 뜻이 담긴 웃음이었다.

"근데, 소야. 지금 밖이야?"

"아, 응. 미하나다 공원이야."

"그렇구나. 있잖아, 뒤쪽을 봐봐."

전화기 너머의 목소리가 이중으로 겹쳐서 들렸다. 몸을 뒤로 홱 돌리자 네가 손을 휘저으며 웃고 있었다.

"엇…… 어떻게 된 거야?"

"비밀."

내가 일어난 자리 몇 미터 뒤쪽에 산뜻한 하늘색 원피스를 입은 네가 검지를 입술에 대고 서 있었다.

당장이라도 서쪽으로 기울어질 듯한 태양과 요란한 매미 소리, 선선한 바람이 우리 둘을 둘러싼 기이한 시간이었다.

가까이 다가가지 않고 서로를 마냥 바라보기만 한 지 얼마나 지났을까. 내 쪽에서 먼저 침묵을 깨뜨렸다.

"왜 온 거야?"

"오면 안 돼?"

"안 되는 건 아닌데……."

딱히 뭔가를 신경 쓰는 기색도 없이 너는 내 옆을 지나 벤치에 걸터앉았다.

"리카가 나한테 사과했어, 미안하다고. 이제 이걸로 끝내겠대."

"그게 무슨 소리야."

"자기 때문에 네가 곤란해하고 있을 거라고, 뒷일은 나한테 맡긴다면서 여기를 가르쳐줬어."

"그랬구나."

나는 네 옆으로 가서 앉았다. 다음 말을 기다리듯 너는 가만히 하늘을 바라보았다. 너는 언제나 내가 생각을 정리하고 입을 열 때까지 기다려주었다. 재촉하지도 않고, 분위기를 무겁게 만들지도 않았다. 그냥 조용히 내 곁을 지켜주었다.

"히나, 넌 네 선택이 틀렸을지도 모른다고 생각해본 적 있어?"

"그건 왜 물어?"

우리는 어제처럼 어렴풋이 빛을 뿜어내는 별을 올려다보았다.

"좀 전에, 그러니까 한 시간쯤 전에, 리카한테서 좋아했었다는 말을 듣고 그런 생각이 들었어. 어린애가 좋아하는 장난감을 빼앗기기 싫어서 고집부리는 것처럼, 리카도 그런 마음으로 나를 좋아하는 거라고 생각했었거든."

"음."

"근데, 처음으로 리카의 그런 얼굴을 보면서, 그제야 그 마음이 진심이었다는 걸 깨달았어. 너무 가까이 있어서 몰랐어. 나를 좋아한다는 건 알았지만, 진심이라는 걸 좀 더 일찍 알아차렸더라면 우리 사이도 달라지지 않았을까 싶더라고."

"달라지다니, 어떻게?"

다 먹은 쭈쭈바 껍데기를 쓰레기통을 향해 던졌다. 나는 톡 소리를 내며 깔끔하게 들어간 껍데기를 흘끔 쳐다보다가 팔짱을 꼈다.

"가령, 리카의 마음을 받아들일 수 없다는 말을 더 일찍 했더라면, 희망 고문은 하지 않았을지도 모르고, 또 무엇보다."

"무엇보다?"

"원래 관계로 돌아가지 못하는 일도 없었을 것 같아."

돌이킬 수 없다. 너에게 말한들 달라지지 않는다는 걸 알면서도 말하지 않고는 배길 수가 없었다.

"소중한 뭔가를 얻으려면, 뭔가를 잃어야 해. 그건 어쩔 수 없다고 생각해."

"그래."

"그치만, 소야. 넌 지금 리카의 마음을 제대로 이해하지 못한 것 같아."

"뭐?"

내가 되물었다. 너는 나를 보며 눈썹을 치켜올렸다.

"리카가 왜 나한테 연락했는지 몰라? 소야가 이렇게 고민할 걸 알았기 때문이야. 옛날로 돌아가지는 못하더라도 괜히 신경 쓴다고 어색해지는 건 싫으니까, 그래서 신경 쓰지 말라는 말이 하고 싶어서 나한테 부탁한 거라고."

나는 그 말을 듣고서야 리카의 배려심과 강인한 심성을 깨달았다. 너는 약간 화가 난 듯한 말투로 내게 설명했다.

나는 너무 당연한 사실을 보지 못했다. 잘 안다고 생각했지만 사실은 알지 못했던 것, 이토록 어이없이 놓치고 있던 것을 네가 깨닫게 해주었다.

"사실, 이 말은 하지 말라고 했어. 그치만, 말하지 않으면 전해지지 않잖아."

무릎 위로 꼭 쥔 네 주먹이 원피스에 주름을 새겼다. 네 마음이 느껴졌다.

"고마워."

너는 어리둥절해하며 얼굴을 들었다. 나는 다시 말했다.

"말해줘서 고맙다고. 안 그랬으면, 평생 안다고 착각하면서 살았을 거야."

꼭 쥐고 있는 네 오른손을 풀어서 내 손가락을 끼워 넣었다. 손에 저절로 힘이 들어갔다. 네가 그 손을 살포시 마주 잡았다.

"응."

작은 대답 소리가 돌아왔다. 내 손을 잡고 발끝을 내려다보는 너는 지금 무슨 생각을 하고 있을까. 나는 끝끝내 묻지 못했고 곧 아스라한 어둠이 우리를 에워싸기 시작했다.

115
/
365
일

"소야!"

계단 밑에서 나를 부르는 목소리에 눈이 번쩍 떠졌다. 무거운 눈꺼풀을 비비며 이불 속에서 몸을 이리저리 뒤척였다. 여름방학이라 아직 더 자도 된다. 다시금 나를 덮쳐온 졸음에 몸을 내맡기고 꿈속으로 돌아가려던 참이었다.

"일어나아아아!"

내 몸을 덮고 있던 얇은 홑이불이 위로 휙 젖혀졌다. 기겁하며 벌떡 일어나니 눈앞에 리카가 보였다.

"어? 리카? 하아…… 뭐야……."

"누가 할 소리. 오늘 유즈랑 놀러 가기로 했다며? 얼른 일어나!"

"야, 잠깐. 네가 그건 어떻게 알았어? 그건 그렇고, 아직 6시라고! 6시!"

아닌 게 아니라 오늘 유즈를 데리고 놀러 가기로 약속했다. 유즈가 어린이 애니메이션 박물관에 가고 싶다고 해서 엄마가 같이 갈 예정이었는데, 공교롭게도 엄마에게 일이 생겨서 내가 대신 데려가기로 했다.

네게 그 얘기를 하자 "재미있겠다. 혼자 감당하기 벅차면 나도 같이 갈게"라고 말해주었다.

"히나 언니도 같이 가? 이야!"

유즈에게 말했더니 예상대로 좋다고 폴짝폴짝 뛰었다. 약속 시간은 10시고 지금은 6시다. 유즈를 데리고 역까지 걸어간다 치더라도 10분이면 충분하기에 아무리 생각해도 더 자도 되는 시간이었다.

"도대체 왜 깨우는 거냐고!"

리카에게 성질을 부렸다. 유즈도 아직 자고 있을 텐데, 어째서 나는 이런 불합리한 일을 당해야 하는 걸까. 리카는 장난에 성공한 사람처럼 깔깔대고 웃었다.

"이게 웃을 일이야?"

"아니, 그게 말이야. 저기 저 시계 좀 봐봐."

웃겨 죽겠다는 리카의 손끝이 가리키는 곳으로 눈을 돌리자 시계가 6시 정각을 가리키고 있었다. 어라? 시곗바늘이 조금도 움직이지 않았다.

"시계가, 죽었어."

"아, 이런. 이거, 뭔가 불길한 예감이 드는데."

"지금은 10시거든, 난 간다!"

"으아아아악!"

입에서 괴성이 터져 나왔다. 설마 그럴 리가 없다며 머리맡에 놓인 스마트폰으로 시간을 확인하니 10시라고 나와 있었다.

"아니, 유즈가 말이야, 오빠가 안 일어난다며 우리 집까지 찾아와서 보채는 거야. 그래서 와봤더니 이 꼴이더라고."

나는 그제야 리카 뒤에서 빼꼼히 얼굴을 내밀고 있는 유즈를 알아보고 부랴부랴 사과했다.

"유즈, 정말 미안! 지금 당장 준비할게."

"좋아!"

힘차게 손을 들고 계단을 내려가는 유즈를 보며 나는 발딱 일어나 옷을 갈아입었다.

"난 이만."

잘 때 입었던 티셔츠를 벗으려는데 리카가 나가는 소리가 들렸다. 어? 우리 방금 예전처럼 얘기하지 않았나.

"리카!"

리카를 불러 세웠다.

"고맙다."

뭐가 고마운지는 말하지 않았다. 말하지 않아도 전해졌을 것이다.

"당연한 걸 갖고 뭘 그래."

득의양양하게 웃는 리카의 얼굴이 눈에 선했다.

"꽉 잡아!"

"응!"

지금 시각은 10시 20분. 내 팔에 안긴 유즈가 힘차게 대답했다. 밖으로 나가자 후끈한 열기가 온몸을 휘감았지만 지각한 탓에 유즈를 안고 죽을힘을 다해 역까지 달렸다.

어려서부터 써온 시계가 화근이었다. 초등학교에 입학했을 무렵, 부모님이 동그란 몸통에 벨이 두 개 붙어 있는 아날로그 알람 시계를 선물로 사줘서 여태 아끼면서 써왔다.

어젯밤에도 평소처럼 알람을 맞추고 잤는데 건전지가 방전된 모양이었다.

좀 전에 너에게 문자를 보냈다. 미안해서 죽을 지경이었지만 서두르느라 짤막하게 보낼 수밖에 없었다.

'조심해서 와.'

답장을 확인하고 나니 안도감과 더불어 미안한 마음이 넘쳐흘렀다. 너는 기본적으로 화를 내지 않았다. 차라리 화를 내면 미안하다고 말하기 쉬운데. 매번 너의 선량함에 의존하는 것 같아 너무 미안했다.

어제 공원에 어둠이 깔리고 가로등이 우리를 비출 때, 너는 불쑥 중얼거렸다.

"괜찮아."

내 손을 붙잡고 그렇게 말하던 네 눈동자 속에 나는 들어 있지 않았다. 시선을 하늘에 두고 읊조린 그 말에 나는 수없이 구원받았다. 나에게 하는 말인지, 너 자신에게 하는 말인지 가늠할 수 없었지만, 나는 그 말을 들으면 마음이 푹 놓였다.

네 입술에서 흘러나오는 '괜찮아'는 마법의 주문이었다.

"아, 히나 언니다!"

안겨 있던 유즈가 손을 흔들었다. 연한 하늘빛 원피스를 입고 우리를 향해 손을 흔드는 네가 보였다.

"내려줘!"

"알았어······."

내리자마자 유즈는 너를 향해 단숨에 달려갔다.

"유즈, 조심해!"

나는 조금 떨어진 곳에서 거친 호흡을 고르며 외쳤다. 유즈는 별 탈 없이 네 품속으로 뛰어들더니 기분이 좋은지 까르르까르르 새된 소리를 내질렀다.

"힘이 넘치네……."

어이없다는 듯 웃으면서 네 쪽으로 갔다.

"유즈, 오랜만이야."

"응, 오랜만이야!"

"잘 지냈어?"

"응!"

사이좋게 얘기하는 광경을 보고 있으니 마음이 흐뭇해졌다.

늦어서 미안하다고 사과한 뒤 셋이서 전철을 타고 목적지인 박물관으로 향했다. 박물관 앞에는 인기 애니메이션 캐릭터들이 총출동해서 만들어낸 대형 시계가 우뚝 서 있었다.

"와아" 하는 아이들의 우렁찬 목소리가 주변을 흔들었다. 유즈는 눈앞에 펼쳐진 광경을 보더니 흥분한 나머지 우리 손을 놓고 눈빛을 반짝이며 뛰어가버렸다.

"기다려! 유즈!"

간신히 유즈를 붙잡아 박물관 안으로 들어가자 어린아이를 데리고 온 가족 단위 입장객들로 가득했다. 그 가운데 우리만 살짝 튀었다.

그도 그럴 것이 고등학생 두 명이 아이를 데리고 왔다. 밖에서도 느꼈지만 안으로 들어오니 위화감이 한층 더 커졌다. 아무리 그래도 엄마 아빠로는 안 보이겠지.

그런 생각을 하면서 걸음을 옮기는데, 아주 조금 발바닥이 바닥에 가라앉는 느낌이 들었다. 아이들이 다치지 않도록 푹신한 소재로 신경 써서 만든 듯했다. 이런 곳이라면 넘어져도 괜찮겠다 싶었다. 마음이 놓인 나는 조금 떨어진 자리에서 여동생을 지켜보기로 했다.

"유즈, 오빠 여기 있을게."

"응! 언니, 같이 놀자."

활기찬 유즈의 목소리에 너는 나를 남겨두고 유즈 옆으로 가서 무릎을 굽히고 같이 어울려 놀기 시작했다.

"네가 와줘서 다행이다……."

불쑥 그런 말이 튀어나왔다. 나 혼자 왔으면 아주 힘들었을 것 같다.

너는 까불대는 유즈를 상냥한 미소로 지켜보았다. 언젠가 네가 엄마가 되면, 이런 모습을 볼 수 있을까. 그때 내가 네 곁에 있다면……. 이루어질 리 없는 일을 꿈꿨다.

한순간 내 입꼬리가 아래로 내려갔다. 나는 네가 어른이 될 때까지 함께하지 못한다. 네가 아이를 낳고 행복한 가정을 꾸리더라도 그때 네 옆에 있는 이는 내가 아니다.

마찬가지로 나는 유즈가 다 자랄 때까지 곁에 있어줄 수 없다. 아직 어린 유즈는 분명 나를 잊어버릴 것이다. 그리고, 너도.

지나가는 가족들의 모습이 더없이 부러웠다. 저기요, 나는 죽어요. 소중한 사람들을 두고 먼저 이 세상을 떠나야 한대요. 당장이라도 아무 상관없는 사람들을 붙잡고 소리치고 싶은 기분이었다.

나는 죽고 싶지 않아. 내가 없는 세상에서 네가 웃는 게 싫어. 나 아닌 누군가를 향해 미소 짓는 모습을, 나 아닌 누군가와 맺어지는 모습을 보고 싶지 않아. 너에게 나보다 더 특별한 사람이 생기지 않았으면.

벽에 기대어 앞머리를 쓸어 넘기며 한숨을 내쉬었다.

사실은 그날…… 불꽃놀이를 보러 갔다가 말해버린 그 말, 전하지 않으려 했던 그 말이 나를 붙들어 매고 너에게 지워지지 않는 상처를 남기리란 걸 모르지 않았다.

서로의 새끼손가락을 연결한 붉은 실은 아무리 세게 묶어도 결국 내가 스스로 그 실을 끊게 된다. 너의 새끼손가락에는 꽉 묶였던 실의 흔적이 생생히 남겠지. 내가 살아 있었다는 증거니까.

하지만 언젠가 그 흔적은 사라지고 다른 누군가의 실이 네 손가락을 부드럽게 감싸는 날이 올 것이다. 끊어져 땅에 떨어진 우리의 실은 지나가는 사람들의 발에 밟혀 너덜너덜해지고 끝내 형체도 남지 않겠지.

"……한심하다, 한심해."

무심코 자조 섞인 웃음이 흘러나왔다. 네가 행복하기를 바라 마지않아야 할 내가 어쩌자고 너를 가장 불행하게 만드는 생각을 하고 있는 걸까.

행복 그 자체인 듯한 가족끼리 웃고 떠드는 공간에서 소란스러운 소리가 아련히 멀어지며 나만 홀로 남겨진 기분이 들었다.

"완전 곯아떨어졌어."

"그러게."

내 등에 업힌 유즈를 보는 네 눈이 부드럽게 휘어졌다. 박물관에서 놀다 지쳐 잠이 든 여동생을 업고 노을빛으로 물든 길을 걸으며 집으로 향했다.

"오늘 고마웠어, 덕분에 살았어."

"무슨, 나야말로 오랜만에 유즈랑 만나서 즐거웠어."

너는 나와 발을 맞추어 걸으며 흐뭇한 얼굴로 유즈의 머리를 살살 어루만졌다.

"가족끼리 온 사람이 많았어."

"당연하지, 오늘은 공휴일이잖아."

"그렇구나."

"그래."

언덕길을 내려가는 두 개의 그림자가 길어졌다. 둘이 나란히 서 있는 그림자를 보자 가슴이 뭉클했다.

"하아암, 여긴 어디야?"

"유즈, 깼어?"

유즈가 내 등을 손으로 밀어내며 버둥거리다 눈을 비비는 것 같았다.

"오빠가 업어줬어!"

"금방 정신이 들었네."

내가 업고 있는 걸 알아차리자마자 유즈는 신이 나서 몸을 들썩거렸다. 어린아이의 체력은 도저히 당할 재간이 없다.

"진짜 재미있었어!"

"응, 재미있었어."

네가 대답하자 유즈는 목소리를 높이며 계속 재잘재잘 떠들었다.

"오빠, 오빠! 나 내년에도 언니랑 오빠랑 거기 또 가고 싶어!"

그 말에 저절로 발걸음이 멈췄다. 옆에 선 네 표정도 딱딱하게 굳었다.

"오빠?"

내년…… 내게는 내년이 없다. 내년을 약속할 수 없다.

"오빠, 우리, 그때는 뭐 하고 놀까?"

천진난만한 목소리가 내 가슴을 후벼 팠다. 그렇지만, 유즈 탓이 아니다. 유즈에게는 아무 잘못이 없다. 입술을 깨물며 하늘을 올려다보았다.

"음, 오늘처럼 같이 놀까?"

일부러 큰 소리로 밝게 말했다.

"좋아! 약속!"

의심 없이 믿고 꺄르르 웃는 소리가 들렸다. 너는 한마디도 하지 않았다. 그 순간 너의 그런 마음 씀씀이가 고마웠다.

지금 나는 착한 오빠 연기를 하고 있다. 지키지 못할 약속을 하고 거짓말을 한다. 아직 어린 유즈는 일말의 의심도 없이 내년의 약속을 믿고 있다.

거짓말하길 잘한 걸까, 아마 마지막 순간까지 정답을 알아내지는 못할 것 같다.

지금껏 당연하게 여겼던 미래의 일들이 이토록 슬프게 다가오리라곤 상상도 하지 못했다.

집 근처 역에 내린 뒤 너와 헤어져 집으로 왔다. 집에 오는 내내 흥분이 가라앉지 않은 유즈가 오늘 있었던 재미난 일들을 이야기해준 덕분에 더는 쓸데없는 생각에 빠지지 않을 수 있었다.

그런데 2층 내 방에 들어와 혼자가 되자마자 몹시도 공허한 마음이 북받쳐 올랐다.

"이왕이면, 내 존재 자체를 잊어주면 좋겠다."

침대에 누워 천장을 향해 팔을 뻗으며 중얼거렸다. 모두의 기억 속에서 내가 사라진다면 슬프지도 않고, 약속했던 일도 기억나지 않고, 과거를 돌아보는 일도 없으련만.

하지만······.

천장 높이 들고 있던 손으로 이마를 짚었다. 그리고 천천히 눈을 감았다.

내가 살아 있었다는 증표는 어디에 남게 될까. 아무도 나를 기억하지 못하게 되면, 나는 없었던 존재가 되고 호적에 이름만 남는 걸까.

"안 돼……."

너만은 날 기억해주기를. 나중에 네가 다른 누군가와 맺어지더라도 나는 영원히 네 안에 살아 있고 싶다.

✳

"넌 거짓말이 서툴러."

너는 언젠가 왔던 카페에서 언젠가 했던 말을 되풀이하면서 민트 얼음을 띄운 아이스티를 빨아들였다. 자리가 마음에 드는지 가죽 소파 등받이에 몸을 깊숙이 기대고 있었다.

"역시 그런가?"

"얼굴에 고스란히 드러나거든."

네가 내 뺨을 가리켰다. 나는 양손으로 얼굴 근육을 문지르며 미간에 주름을 잡았다 펴기를 반복했다.

"다 보여."

"정말?"

"내 눈에도 보이는걸."

너에게만 보이는 게 아니었나. 문득 가족이나 친구에게 병을 들키지는 않았을지 살짝 불안해졌다.

"안 들켰을 거야."

"초능력 있어?"

"얼굴이 불안해 보였어."

네가 내 미간을 손가락으로 쿡쿡 찔렀다. 나는 그 손가락을 잡아 테이블 위로 되돌렸다. 너는 팔꿈치를 괴더니 그 위에 얼굴을 올리고 고개를 갸웃갸웃했다. 길고 까만 머리카락이 따라서 흔들렸다.

"너한테만 보이는 거 아냐?"

"그런가?"

"항상 내 얼굴을 들여다보고 있으니까."

옆에 앉든 마주 보고 앉든 늘 내 눈을 보고 이야기하니 표정을 알아차리기 쉬운 게 아닐까 하는 생각이 들었다.

"보면 안 돼?"

"안 되는 건 아니지만."

지금 내가 쑥스러워하는 것도 눈치챘을 거라 생각하니 부끄러워서 시선을 돌렸다. 네 입꼬리가 올라갔다. 이런 상황을 즐기는 표정이라는 걸 알면서도 나는 세게 나가지 못한다.

사랑에 빠진 사람의 약점인 걸까, 네 앞에서는 거짓말을 할 수가 없다.

"소야 주변에는 예리해 보이는 사람이 없잖아."

"아, 맞네."

리카와 가케루, 가족들조차도 내가 무채병에 걸렸다는 걸 알아차리지 못했다. 이대로 쭉 모르기를 바랐다. 나는 일상이 무너지는 게 제일 두려웠다.

"평범한 나날이 계속될 거라 믿고 싶어."

"그래."

너는 빨대로 유리컵을 천천히 휘저었다. 얼음이 부딪치는 소리가 났다. '전에도 같은 행동을 했었지' 하며 얼음이 녹는 모습을 지켜보았다.

나도 덩달아 아이스커피를 빨대로 마구 저어보았지만, 너처럼 잘 되지 않아서 금방 내팽개치고 창밖으로 눈을 돌렸다.

내리쬐는 햇볕이 아스팔트 위에 반사되어 아지랑이가 모락모락 피어올랐다. 여느 때와 다름없는 평범한 여름날의 풍경이었다. 그렇지만 두 번 다시 볼 수 없는 풍경이기도 했다. 내게는 내년이 찾아오지 않을 테니까.

"그럼, 평범한 나날을 보내기 위해서 남은 여름방학 동안엔 뭘 해볼까?"

어느새 너는 테이블 위에 수첩을 펼쳐놓고는 펜을 쥐고 있었다.

"너와 같이 있는 이 시점은 이미 지금까지의 여름과 다르니까, 평범하진 않은데."

"……그럼 이제 안 만나도 되는데?"

"미안. 특별해서 좋다는 말이야."

양손을 들고 항복한다는 포즈를 취해도 네가 계속 눈을 흘겨서 나는 뺨이 빳빳하게 굳었다.

"어디 가고 싶은 데 없어?"

"글쎄…… 더운 건 딱 질색이라서."

"나도 더운 건 싫어."

스마트폰을 꺼내 여름철 데이트 명소를 검색해보았다. 다른 커플들은 어떤 곳에 가는지 알아보고 싶어서였다.

"바다나 수영장이 많네."

"……나, 수영할 줄 모르는데."

"나도 다친 후로는 찜찜해서 안 가."

"전에 다쳤다던 거?"

"어, 왼쪽 무릎."

한 손으로 왼쪽 무릎을 살살 문질렀다.

"일상생활에 지장이 없다고 해도, 지난번에 뛰지 않았어?"

"아아, 전력으로 달리면 아플 때도 있어. 그냥 그 정도."

"그럼 몸 쓰는 건 빼자."

스크롤을 더 내려서 사이트를 쭉 둘러봤지만 이거다 싶은 건 없었다.

해마다 여름이라면 진절머리가 났다. 가능한 집 밖으로는 나가고 싶지 않았고 나가더라도 실내가 좋았다.

"에어컨 틀고 방에서 늘어지게 자는 게 제일이야."

"건강에 안 좋아. 그 마음은 잘 알지만."

"그럼 외출하더라도 실내에서 놀자. 쇼핑몰 같은 데 갈래?"

"영화관도 괜찮아."

내가 죽음을 앞두고 있다는 걸 친구들이 알면 마지막 여름을 이렇게 보내면 어떡하냐며 뭐라 할지도 모르겠다. 하지만 마지막이기에 더더욱 특별할 것 하나 없이 평범하게 보내고 싶다. 어디 멀리 여행을 가는 것도 괜찮겠지만, 나는 네가 옆에 있기만 하면 그걸로 충분하다.

작년까지는 곁에 없던 너와 당연한 일상을 당연하게 보낸다. 어디 놀러 가는 것도 아닌데 입가가 저절로 풀어졌다. 기나긴 여름방학도 너와 함께라면 눈 깜짝할 사이에 끝날 것만 같았다.

아이스커피 속 얼음은 벌써 다 녹아내리고 없었다.

9월 1일, 오늘부터 2학기가 시작된다.

오랜만에 아침 일찍 눈을 뜬 나는 방 안에 신선한 공기를 들이려고 창문을 열었다. 그러자 늦여름의 열기를 머금은 바람이 확 밀려들었다. 교복 주름을 펴고 넥타이를 매려다 그만두었다. 학교에 가서 매면 되겠지 싶어서 대충 가방에 던져 넣었다.

여름방학은 순식간에 끝이 났다. 지나고 보니 작년과 별반 다르지 않은 방학이었다. 보통은 집에서 유즈와 놀아주거나 집안일을 도우면서 보냈다. 어쩌다 친구와 만나 놀기도 했다. 유일하게 달라진 점이라면, 너와 실컷 돌아다녔다는 것 정도.

그랬다, 그것 말고는 작년과 거의 똑같았다. 조금이라도 안 하던 짓을 하면 소중한 사람들이 눈치채버릴 것만 같은 기분이 들었다.

"결국 아무한테도 안 들켰어."

나는 집에서 나와 호주머니에 손을 찔러 넣고 학교로 향했다.

이제 빨간색은 하나도 보이지 않는다. 그리고 요번에는 눈에서 초록색이 사라지기 시작했다. 빨간색 계열이 모조리 잿빛으로 바뀌고 나자, 시선을 잡아끄는 그 선명한 색깔과 두 번 다시 만날 수 없음을 깨달았다.

10대들에게 인기 많은 패스트푸드점의 간판, 애인에게 제일 많이 선물한다는 그 꽃, 어릴 때 좋아했던 히어로 캐릭터의 가슴에 붙어 있는, 3분 동안만 불이 들어오는 컬러 타이머까지 죄다 흑백이다. 케첩과 마요네즈를 헷갈릴 뻔했던 순간에는 정말 아찔했다.

온통 잿빛이라도 명암이 다르다. 복숭앗빛은 연회색이고, 다홍빛은 진회색이다. 그래서 아직은 밝기에 따라 보이지 않는 색을 분간해낼 수 있다.

앞으로 더 많은 색이 내 시야에서 사라질 것이다. 어림짐

작으로 넘길 수 있는, 그런 간단한 상황이 아니라는 건 내가 제일 잘 알았다.

'맨 먼저 사라지는 색은 예외에 해당하지만, 기본적으로는 진한 색부터 차례차례 안 보이게 됩니다.'

일주일 전 병원에서 선생님에게 들었던 말이 생각났다.

네 번째 정기 검진을 받기 위해 병원에 간 나는 안쪽 연구실로 들어갔다. 인제 와서 새삼스레 색이 사라지는 방식에 대해 물어보았다.

"신도 군은 맨 처음에 연분홍색이 안 보였죠? 연한 색부터 사라지는 건 드문 사례긴 해도 전례가 전혀 없었던 건 아닙니다. 그러나 나머지 원뿔 세포가 기능을 멈출 때는 순서가 달라질 겁니다. 짙은 색부터 안 보이게 되죠."

"그건 왜 그런가요?"

"그건 아직 연구 중인데, 지금 단계에서는 색깔이 빠질 때와 같을 거라는 가설이 유력해요. 예를 들어, 옷에 간장을 쏟았다고 칩시다. 그럼 어떻게 하죠?"

"어떻게 하다뇨…… 닦아내야죠. 물을 묻혀서 색이 다 빠질 때까지."

"그렇죠, 그때 얼룩을 문지르면 어떻게 되죠?"

"그야 색이 연해지면서 지워지죠. 그래도 잘 안 지워지면

빨래할 때 다른 방법을 찾아야겠지만요."

"네, 맞습니다."

아, 하고 감탄사가 터져 나왔다. 이렇게 뻔한 해답이었다니.

진한 색깔부터 사라진다. 최근 들어 초록색 계열이 잘 안 보이기 시작했다는 건, 늦여름을 장식하고 있는 초목 역시 머지않아 회색빛이 된다는 뜻이었다.

그런 생각을 하며 양옆에 벚나무가 늘어선 오르막길을 올라갔다. 웬일로 도중에 너나 친구와 한 번도 마주치지 않고 교실에 도착할 때까지 혼자였다.

"오늘부터 새 학기다. 2주 후면 시험이니까 열심히 공부하도록."

2학기 첫날 아침부터 담임 선생님은 일부러 가케루 쪽을 보면서 큰 소리로 말했다. "제발 살려줘!"라며 가케루가 머리를 부여잡자 교실 안에 웃음소리가 번졌다.

여름을 나고 온 반 아이들은 아직 방학 기분에서 헤어 나오지 못했는지 학교에 적응을 못 하는 것 같았다. 방학 동안 운동부에서 땀을 흘린 애들은 잠깐 못 본 사이에 전보다 체격이 더 다부져졌다.

가케루도 그중 하나였다. 연일 축구부 훈련에 시달리느라 새까맣게 그을린 얼굴이 딴사람 같아서 보기만 해도 웃겼다. 가케루는 해마다 여름이면 까맣게 탔다가 1년 동안 서서히 원래대로 돌아왔다. 올해는 훈련을 특별히 많이 했는지 유난히 더 까매진 것 같았다.

반면에 내 옆에 앉은 너는 변함없이 희었다. 여름색으로 물든 반 아이들 사이에서 너의 투명한 피부가 눈부셨다.

"하나도 안 탔네."

"외출하더라도 되도록 실내에 있었으니까. 그렇게 말하는 너도 흰 편이야."

내 팔과 네 팔을 나란히 놓고 봐도 네 팔이 훨씬 더 하였다.

여름방학 동안 너와 같이 간 곳은 전부 실내였다. 유행하는 영화를 보러 가거나 딱히 살 것도 없으면서 쇼핑몰 안을 이리저리 돌아다녔다. 그러다가 해가 지면 집으로 돌아갔다. 자외선을 쬘 시간이 거의 없었다.

"소야, 방학 때 뭐 하고 지냈어?"

"안에 있었어."

"여름은 제대로 즐겨야지."

"축구에만 매달려 있던 애가 할 말은 아닌 것 같은데?"

"뭐라고?"

가케루가 뒤쪽에서 대화에 끼어들었지만, 나는 돌아보지

않고 대꾸했다. 그러자 가케루는 비어 있는 내 앞자리로 와서 얼굴을 쓰윽 들이밀었다. 코앞에서 보니 흡사 다크초콜릿 같았다.

"내가 이렇게 탄 건 선발 선수여서 그런 거야. 올여름에 얼마나 맹활약했는데."

"아, 네에, 네에, 굉장하십니다."

적당히 받아쳤더니 가케루가 내 몸에 들러붙어서 너무하다며 한탄했다.

"더워, 징그럽게 뭐 하는 짓이야."

"우정의 허그."

억지로 떼어내고 노려보자 가케루는 흡족한 얼굴로 웃었다. '뭐야, 이 녀석 완전 마조히스트 아냐'라며 속으로 악담을 퍼부었다.

"너, 지금 속으로 욕했지?"

윽…… 하고 침을 삼켰다. 이 녀석은 쓸데없는 순간에 감이 좋다.

"그나저나, 오늘 학급 회의 시간에는 뭐 한대?"

또다시 달라붙으려 드는 가케루를 뿌리치고 칠판 왼쪽 끝에 적혀 있는 시간표를 눈으로 훑으면서 물었다.

"아, 문화제 때 뭐 할지 결정하겠지."

"아하."

"그러고 보니 이번에 우리 반은 연극을 한다던데."

"뭐? 그런 얘기 없었잖아."

해마다 10월 초순에 열리는 문화제에서 뭘 할지는 반별로 여름이 되기 전 학급 회의에서 결정했다.

"역시나 기억 못 하는구나. 너, 그때 정신없이 자고 있었거든."

"깨워주지 그랬어."

옆자리의 네가 그렇게 말해서 나는 머리를 긁적였다. 자고 있었다는 사실조차 기억나지 않는 걸 보면 어지간히도 관심이 없었나 보다.

"오늘은 연극 내용과 배역을 정한대."

"아."

솔직히 내 관심 밖이었다. 난 연극처럼 남들 앞에 나서는 건 무리였고, 그런 쪽은 가케루가 전문이었다. 무대 스태프나 해야지, 그렇게 생각했었다.

"네, 다수결로 신데렐라 역은 다치나미로 결정됐습니다!"

학급 회의 시간이 절반 이상 지났을 즈음 환호성과 함께 박수 소리가 일었다. 칠판에는 신데렐라라는 글자가 적혀 있었다. 우리 반은 신데렐라 연극을 하기로 했고 주인공은 너로 결정됐다.

그런데 문제는 그게 아니었다.

"연극은 안 해봤는데, 내가 잘할 수 있을까?"

"괜찮아, 걱정 마! 다치나미는 예쁘니까 그냥 서 있기만 해도 그림이 되거든!"

옆에 선 학급 위원이 단상에 오른 네 등을 두드려주었다. 후보에 오른 여자애들 중에 네가 표를 제일 많이 얻었다.

나는 "왜 너야……" 하며 머리를 감싸 쥐었다. 예쁜 네가 주인공을 맡는 게 이해가 안 되는 건 아니었지만.

"역시 신데렐라는 러브 신이 많아야겠지?"

학급 위원의 말에 내 귀를 의심했다. 네가 나 아닌 다른 사람과 러브 신을 연기한다니.

그건 안 돼, 그냥 싫다. 넌 내 여자 친구니까. 어쩌지. 아무리 연기라도 그런 걸 보고 싶지는 않은데.

생각이 머릿속을 빙빙 맴돌았다.

"왕자 역은 어떻게 할까? 이대로 가면 야다가 맡게 될 것 같은데."

"올해도 눈에 띄어서 인기를 끌고 말겠어. 좋지, 다치나미?"

"동기가 너무 불순해……."

"다치나미, 그런 식으로 나오면 나 운다?"

몸부림치며 괴로워하는 나를 공격하듯 사이좋게 대화를 나누는 두 사람의 목소리가 내 귀에 꽂혔다. 문득 가케루와 시선이 마주쳤다.

'괜찮아?'

가케루는 소리 없이 입 모양으로만 그렇게 말하고는 호전적인 웃음을 흘렸다.

"남학생들, 다른 의견 없지? 야다로 결정한다!"

학급 위원이 선언하면서 교실을 둘러보았다. 가케루의 표정에 확 짜증이 났다.

"내가 할게."

나는 충동적으로 손을 쳐들었다.

"엥……?"

누군가의 입에서 그런 소리가 났다. 조용하다 못해 적막해진 교실에서 위로 올라간 내 오른손에 시선이 집중됐다. 너만 단상에 서서 웃고 있었다.

"어, 신도……?"

"신도가 웬일이래."

짧은 정적이 흐르다 주변이 다시 시끌벅적해지자 학급 위원이 걱정스럽다는 듯이 한마디 했다.

그럴 만도 했다. 나는 원래 학급 행사에 적극적으로 참여

하는 편이 아니었다.

"왕자 역, 내가, 할게."

쪽팔려 죽을 것 같았다. 그래도 네가 다른 사람과 러브 신을 연기하는 걸 보느니 이 편이 백배 천배는 나았다.

덜컹! 교실 안이 술렁이는 가운데, 내 뒤쪽에서 누군가 벌떡 일어서는 소리가 들렸다.

"쟤 또 시작이다!"

"어, 뭐야, 무섭게."

"구치, 왜 그래?"

한마디씩 떠들어대는 아이들의 시선이 내 뒤쪽으로 이동하기에 돌아보니 뒷자리의 세키구치가 노트를 들고 일어나 있었다.

"왕자를 두 명으로 하는 거야!"

세키구치가 힘차게 고개를 끄덕이자 두 갈래로 나눠 묶은 녀석의 머리카락이 위아래로 요동쳤다.

"어?"

내 입에서 얼빠진 소리가 튀어나왔다.

"아. 신도. 이번에 세키구치가 각본을 맡았어."

학급 위원의 말에 세키구치는 눈빛을 반짝이며 나를 쳐다보다가 내 손을 덥석 잡았다.

"뭐, 뭐냐."

"알겠지? 이번 연극은 진짜 신데렐라 스토리로 가는 거야!"

"어? 아, 응, 그래서?"

"야다랑 신도가 신데렐라를 놓고 싸우는 삼각관계를 그리는 거지!"

"저런."

"그러니까, 나랑 소야가."

"엇, 앗!"

가케루와 내 입에서 똑같은 소리가 튀어나왔다. 그 말은 즉 가케루와 너와 나, 우리 셋이 삼각관계에 빠져서 진흙탕 싸움을 벌이는 내용으로 연극이 진행된다는 뜻이었다. 그건 거의 아침 드라마 수준에 더 이상 동화가 아닌 것 같다는 느낌이 들었지만……

"두 왕자, 야다랑 신도가 왕위를 놓고 다투는 설정이야! 그리고 둘 다 다치나미를 보고 사랑에 빠지지! 다치나미는 과연 누구를 선택할 것인가?"

흥분한 세키구치는 학급 위원에게로 쪼르르 달려가 노트를 보여주면서 무시무시한 속도로 스토리를 적어 내려갔다.

나와 가케루의 눈이 마주쳤다. 둘 다 넋이 나간 표정이었을 것이다 학급 위원은 어깨를 떨며 한 손으로 얼굴을 가리고 엄지를 치켜들었다.

"진짜 재미있다! 이걸로 하자!"

"농담이지?"

이번에도 나와 가케루가 동시에 입을 열었다.

"무서워, 안 좋은 예감이 들어."

몸서리치는 가케루를 보고 있자니 그 떨림이 내게도 옮겨왔다.

잠시 후 세키구치의 이야기에 감격한 학급 위원이 모두에게 줄거리를 설명했다.

"계모와 언니들에게 괴롭힘을 받으며 살던 신데렐라는, 길에서 곤경에 처했을 때 도와준 한 남자를 보고 사랑에 빠져."

가케루와 나는 잔뜩 긴장한 채로 학급 위원의 설명을 들어야 했다.

"그런데 그 남자는 곧바로 어디론가 사라지고, 이튿날 신데렐라가 다시 그 장소로 갔더니 다른 남자가 있었어. 그 남자는 왕자였고, 신데렐라를 보고 첫눈에 반해! 그 후 신데렐라는 무도회 초대장을 받고 왕궁으로 갔는데, 자신을 도와줬던 남자도 거기 있었어. 그 사람도 왕자였던 거지. 왕자가 쌍

둥이였던 거야!"

그러면서 손가락으로 나와 가케루를 가리키자 눈썹이 저절로 일그러졌다.

"신데렐라를 도와줬던 내성적인 왕자와 신데렐라를 보고 첫눈에 반한 쾌활한 왕자가, 사흘 동안 열리는 무도회에서 신데렐라를 두고 쟁탈전을 벌이는 거야!"

반 아이들의 열기로 교실이 후끈 달아올랐다.

나는 어느 쪽 왕자 역을 맡게 될까 생각하며 머리를 감쌌다. 이대로 간다면, 아마도 내가 내성적인 왕자를 맡게 되겠지.

"그 쟁탈전이라는 게 무섭다고. 그래서 우리는 뭘 하면 되는데?"

가케루의 말에 나도 고개를 끄덕였다.

"그럼, 우리 반은 '트라이앵글 신데렐라'를 하기로 결정하겠습니다!"

가케루의 질문은 단박에 무시되었고, 우리의 걱정을 뒤로한 채 마지막 문화제의 막이 화려하게 올랐다.

시험은 잘 치지도 못 치지도 않아서, 평소와 비슷한 점수에 학년 전체의 중간쯤이라는 고만고만한 등수를 기록했다. 너는 변함없이 1등을 지켰고, 반대로 가케루는 대부분 낙제점을 받아 보충 수업을 들어야 했다. 그 보충 수업도 어제 날짜로 끝이 났다.

어느덧 문화제가 2주 앞으로 다가와 교내는 축제 분위기를 물씬 풍겼고 다들 어딘가 들떠 있었다. 물론 우리 반도 예외는 아니었다.

"대사가 그게 아니잖아, 야다!"

오늘 방과 후에도 기합이 잔뜩 들어간 학급 위원의 불호령이 떨어졌다. 하지만 정작 당사자인 가케루는 실실 웃기만 했다.

"미안, 미안."

"이제 시간 얼마 없으니까, 제대로 좀 해."

"알겠습니다."

나는 대본을 말아 쥐고 너를 바라보았다. 지금 너는 교실 한복판에서 가케루와 댄스 장면을 연습하고 있다.

"신도, 준비해."

"어."

내 이름이 불려서 일어났다. 이제부터 의상을 입어보고 확인하는 모양이었다. 나는 네 옆을 지나갔다. 넌 이번에는 반 애에게서 연기 지도를 받으며 웃고 있었다.

그러고 보니, 4월에 비해 네 주위에 사람이 많아졌다. 너는 1학년 때 반에 친구가 없었다고 말했지만, 지금은 네 옆으로 사람들이 몰렸다.

그 모습이 흐뭇하면서 동시에 질투심도 살짝 일었다. 나만 알고 있던 너의 웃는 얼굴을 지금은 다른 사람들도 보고 있었다. 아무래도 나는 속이 좁은 인간인가 보다.

"자, 이거 입어봐."

멀뚱히 있었더니 누군가 나를 반강제로 끌고 가서 옷을 입혀주었다. 나는 흡사 군복 같은 옷을 내려다보며 한숨을 쉬었다.

"무거워……."

금색 술 장식이 주렁주렁 달린 그 옷은 의상을 담당하는 여자애들이 고르고 고른 옷이라지만 너무 무거웠다.

"와아! 왕자 느낌 난다!"

"잘 어울린다."

반 애들이 입을 모아 말했지만 나는 긴가민가하기만 했

다. 교실 중앙으로 눈을 돌렸을 때 너와 가케루가 안 보이기에 나처럼 옷을 입어보고 있을 거라고 생각했다.

교실 한쪽에 자리한 거울에 내 모습을 이리저리 비추어보며 애들이 맘대로 왁스를 발라 뒤로 넘긴 앞머리를 쓰다듬었다. 장갑 낀 손으로 어깻죽지에 달린 휘장을 매만졌다. 옷은 흰색 바탕에 감색과 금색으로 포인트를 줘서 차분한 느낌이 들었다.

한 애가 말하길, 가케루가 입을 옷은 반대로 검은색 바탕에 빨간색과 은색이 포인트라고 했다. 그 의상을 갖춰 입은 가케루는 흑백으로 보이는 내 시야에서조차 멋져 보였다.

옷을 갈아입은 가케루가 거울 앞으로 다가왔다.

"어때? 나 좀 왕자 같냐?"

"미안한데, 왕자 같지는 않거든."

"뭐가 문제야."

나와 마찬가지로 앞머리를 뒤로 넘겨서 힘을 준 가케루는 보통 때와 분위기가 달랐다.

"자, 오래 기다리셨습니다!"

그 소리와 함께 교실 문이 열렸다.

처음 만난 그날처럼, 나는 너에게 마음을 빼앗겼다.

하늘빛 드레스에 가려진 가녀린 몸과 정성껏 땋아 올린

길고 까만 머리칼. 아련하면서도 어딘가 요염해 보이는 눈매. 뺨, 입술, 반짝이는 유리 구두를 신은 발. 내가 모르는 네가 거기 서 있었다.

마음속으로 내가 마지막까지 볼 수 있는 색이 하늘색이어서 다행이라고 생각한 순간이었다.

교실 전체가 술렁거렸다. 이성 동성 할 것 없이 다들 너에게 시선을 빼앗겼다.

"와……."

엉겁결에 탄성을 터뜨리고 만 듯한 작은 소리가 들려와 옆으로 고개를 돌렸다.

"어……."

넋을 잃고 너를 바라보는 가케루가 거기 서 있었다.

딴 애들과 다른 뜨거운 눈빛을 본 나는 알아채고 말았다. 기분 탓으로 돌리고 싶었지만 그럴 수 없었다. 너를 보는 가케루의 눈빛은 내가 너를 볼 때와 똑같았다.

가케루가, 너를…….

"어때?"

그 목소리에 나는 단번에 현실로 이끌려왔다.

문득 정신이 들었을 때는 앞에 선 네가 장난스러운 표정으로 내 얼굴을 들여다보고 있었다. '놀랐지?' 하고 묻는 듯한 네 얼굴을 보자 그 순간만큼은 눈길을 피하고 싶어졌다.

"괜찮은 거 같은데?"

딴 쪽을 보면서 대답했다.

"이렇게 제대로 된 드레스를 입게 될 줄은 몰랐어."

말은 그렇게 해도 즐거워 보였다. 시야 끄트머리에 드레스 자락을 잡고 빙그르 도는 네 모습이 걸렸다.

"잘 어울리네."

가케루의 목소리에 나는 원래대로 고개를 돌렸다. 어느새 가케루는 여느 때처럼 넉살을 떨며 웃고 있었다. 좀 전의 그 표정은 어디로 사라졌나 싶을 만큼 자연스러웠다.

"야, 소야, 솔직하게 잘 어울린다고 하면 어디 덧나냐."

내 어깨를 잡고 웃음 짓는 가케루 때문에 견딜 수 없는 기분을 느끼면서도 녀석이 하라는 대로 말을 내뱉었다.

"잘 어울려."

"고마워, 근데 너희 둘도 잘 어울려. 진짜 왕자 같아."

활짝 웃던 네가 내 손을 잡았다.

"자, 왕자님. 저와 한 곡 추실까요? 모처럼 의상도 갖춰 입었는데, 제대로 못 써먹으면 아깝잖아."

네 손에 이끌려 교실 한복판으로 갔다. 어느 틈에 다른 애들은 각자 하던 일을 이어서 하고 있었다.

"아니, 실제로 너랑 댄스 장면을 연기하는 건 가케루잖아."

그랬다, 대본대로라면 처음 이틀 동안 나는 너와 춤출 타이밍만 노리다가 끝내 앞으로 나서지 못하고 가케루가 먼저 선수를 친다. 셋째 날, 마침내 용기를 내어 가케루와 춤을 추고 들어온 너에게 춤을 청하고 같이 추려는데, 때마침 12시를 알리는 종이 울린다. 그 후 너는 유리 구두를 떨어뜨리고, 나는 그걸 주워서······.

그러니까, 우리가 같이 춤을 추는 장면은 없다.

"뭐 어때. 이건 본무대도 아닌데."

"근데 나 춤 못 춰."

"어? 나랑 야다가 연습하는 거 계속 보지 않았어?"

"내가 다 봤어"라며 귀에 대고 소곤대는 네 목소리를 듣자 식은땀이 주르르 흐르는 것 같았다. 그랬다, 네가 내 친구와 밀착해 있는 모습을 질투에 눈이 먼 채로 지켜보았다.

"아니····· 보긴 봤지만."

"문제없어, 오늘 우리는 의상만 입어보면 끝이니까."

"그게 아니라····· 저기, 시선이."

따가워. 내가 말을 끝내기 전에 네가 주위를 둘러보았고, 방금까지 각자 할 일을 하고 있던 반 애들이 히죽히죽 웃으며 우리를 보고 있었다.

"오글거리게 뭐 하냐."

누군가의 말에 다들 폭소를 터뜨리며 동의했다. 그 순간, 내 얼굴에 열이 올랐다. 네 빰에도 발그스레한 홍조가 떠오른 것처럼 보인 건 나만의 착각이었을까.

10월 초순의 토요일. 드디어 죽기 전 마지막 문화제의 막이 열렸다.

학교 건물 창문 아래로 색색의 현수막이 걸려 있고, 자기 반이 준비한 걸 보러 오라고 외쳐대는 고함 소리가 여기저기서 들려왔다. 부모님, 형제자매, 다른 학교에서 온 친구 등 평소와 다른 얼굴들이 교정에 활기를 불어넣었다.

"이야, 이런 축제 분위기, 맘에 든다."

교정에 차려진 노점에서 산 프랑크푸르트 소시지를 입에 문 가케루가 내 옆에서 말했다. 소시지뿐만 아니라 온갖 간식거리를 양손에 들고 기분 좋게 웃는 모습을 보니 나는 한

숨이 나왔다.

"정신 사나워."

"너한테는 그럴지 몰라도, 난 좋아."

그새 다 먹어 치우고 소시지 꼬치를 내민다. 나는 그걸 받아서 근처 쓰레기통으로 던졌다.

"나이스 샷!"

"네에, 네에."

몹시 혼잡했다. 사람들이 갖가지 색으로 만들어낸 풍경이 내 눈에는 절반 이상 흑백으로 보였다.

"근데, 다치나미랑 같이 안 다녀도 돼?"

가케루가 이번에는 손에 들고 있던 봉지에서 초콜릿을 묻힌 바나나를 꺼내 한 입 베어 물고는 내 쪽은 쳐다보지도 않고 입만 움직이며 물었다. '제발 다 먹고 나서 말해'라고 속으로 투덜거리면서 대답했다.

"오늘은 리카랑 구경한대."

"버림받았구나, 너무 슬퍼하지 마."

"내일은 같이 놀 거야."

"흥."

관심 없다는 듯한 가케루의 대답이 위화감을 불러일으켰다.

"근데, 가케루. 너, 기운이 없어 보이는데 무슨 일 있었냐?"

가케루는 아주 잠깐 표정이 굳었다가 금방 원래대로 돌아왔다.

"그래? 난 괜찮은데?"

"그렇담 다행이고."

"너, 혹시 안 어울리게 내 걱정 해주는 거냐? 아유, 착해라."

"아주 징글징글하다."

평상시처럼 말끝에 하트 마크를 붙일 듯한 기세로 들러붙는 가케루를 일말의 망설임도 없이 떨쳐냈다. 그러면서도 나는 내심 안도했다.

"이 몸은 여자들한테 너무 인기가 좋아서, 누구를 골라야 하나 고민이야."

"끝에 가서는 매번 차이는 녀석이 뭐라는 거야."

"야, 다 들리거든."

지나가는 여자애들에게 손을 흔들며 가케루가 웃었다.

"근데, 내 맘에 드는 여자애는 나를 안 좋아하더라."

"응?"

"그냥 그렇다고."

요즘 녀석이 아무 일도 아니라는 듯이 실실 웃는 모습을 자주 본 것 같았다. 단번에 알아차리긴 힘들었지만 전처럼 당당하게 웃지 못하고 꼭 눈썹을 내리고 웃었다.

"소야, 그거 좀 집어 줘."

갑자기 목소리가 날아와 뒤를 돌아보며 대답했다.

"어느 거?"

"거기, 빨간색."

눈앞에 여러 가지 색깔의 라무네* 병이 놓여 있었다. 분명 예쁜 색깔로 채워져 있겠지.

'빨간색.'

어느 게 빨간색이지? 심장 박동이 빨라졌다. 내 눈에는 빨강이 보이지 않는다. 파랑, 보라, 회색, 회색, 회색……. 이건가. 아니다. 저건가. 필사적으로 눈동자를 굴렸다. 이대로 가면 들키고 만다.

"소야?"

진땀을 훔치며 하늘에 운을 맡기고 아무 회색 병이나 하나 집어 들려고 하는 순간이었다.

"아, 소야랑 야다다."

뒤에서 말을 걸어와서 돌아보니 너와 리카가 서 있었다.

"다치나미, 마침 잘됐다. 거기 빨간색 병 좀 집어 줘."

---

* 탄산수에 향료와 시럽을 넣어 만든 청량음료로 병에 유리구슬 마개가 달려 있다.

"빨간색?"

가케루의 부탁에도 너는 눈앞에 놓인 라무네 병을 쳐다보기만 할 뿐, 팔을 뻗으려 하지 않았다.

"다치나미?"

"히나, 정신 차려. 바로 코앞에 있잖아."

네 옆쪽에서 뻗어 나온 리카의 손이 회색 병을 거머쥐었다.

"땡큐."

"미안해. 잠깐 멍해 있었어."

"히나도 멍할 때가 있네."

"그러게. 아, 민망해라."

새파랗게 질린 내 얼굴과 대조를 이루는 네 얼굴을 보자 긴장이 풀어져 숨이 훅 빠져나갔다. 눈물이 핑 돌았는데, 혹시 넌 눈치챘을까.

겨우겨우 위기를 모면하고 언제나처럼 넷이서 여기저기 기웃기웃하다가 연극 준비를 하기 위해 리카와 헤어져 교실로 갔다.

12시 50분. 나는 의상을 제대로 입었는지 확인하고 장갑을 고쳐 꼈다. 1시에 시작하는 '트라이앵글 신데렐라'를 위해 무대 뒤에서 준비하고 있었다.

천천히 심호흡을 했다. 긴장해서가 아니라 초조해서였다.

빨간색이 보이지 않아 마음을 졸였던 게 불과 한 시간 전의 일이다. 다행히 너와 리카 덕분에 들키지 않고 무사히 넘어갈 수 있었지만 여전히 마음이 진정되지 않았다.

언젠가 모든 게 회색으로 보이는 날이 온다. 나도 안다, 아주 잘 알고 있다. 오른손이 가늘게 떨리는 걸 느끼며 나는 쓸쓸하게 웃었다.

"쫄지 마."

스스로에게 소리 내어 말했다. 우리가 같은 시간을 살아갈 수 없다는 걸 몰랐던 것도 아니잖아? 무의미하게 자문자답했다.

"큰일이네."

곧 무대에 올라가야 하는데. 죽음의 그림자를 느낄 때마다 나는 이토록 무기력해지고 만다. 작년까지는 상상도 할 수 없던 일이다. 왜냐면, 지금 나는…….

"이제 시작한다!"

연극 전체를 감독하는 학급 위원의 고함 소리에 정신을 차리고 얼굴을 들었다. 다들 커튼이 내려진 무대 뒤에 자리를 잡고 서 있었다. 무대 반대쪽 끄트머리에 서 있는 또 한 명의 왕자와 눈이 마주쳤다.

'쫄았나?'

소리 없이 입 모양으로만 그렇게 묻는 가케루를 향해 안도의 웃음을 지어 보이며 나도 똑같이 입술만 뻐끔거리면서 대답했다.

'전혀.'

거짓말이다. 사실은 잔뜩 겁먹었다. 하지만 네가 무대에 서서 이쪽을 보며 웃어주어서 나는 앞으로 나아갈 수 있었다.

신데렐라가 내성적인 왕자와 맺어지는 일은 끝내 일어나지 않았다. 내성적인 왕자는 유리 구두를 주워 신데렐라를 만나러 가다가 사고를 당해 돌아올 수 없는 몸이 되고 만다.

연극은 환호 속에 막을 내렸다. 신데렐라와 이어지지 못하고 결말 부분에서 죽음을 맞이하는 왕자를 연기했던 나는, 무대 위에서 손을 맞잡고 있는 너와 가케루를 멀리서 지켜봐야 했다. 물론 연극은 대본대로였다. 결실을 맺지 못하는 결말. 그 사실이 현실과 너무나 비슷해서 나는 머리를 세차게 흔들었다.

두 사람이 마주 보고 웃는다. 가케루의 웃는 얼굴이 여느 때와 다름을 눈치챈 후로 줄곧 인정하고 싶지 않았던 사실을 입에 올리고 말았다.

"가케루가, 히나를 좋아한다."

내 입에서 나온 중얼거림은 누구의 귀에도 들어가지 않고 환호성에 묻혀 사라졌다. 나는 한동안 그 자리를 떠날 수 없었다. 눈앞에 선 두 사람은 참 잘 어울리는 한 쌍이었다.

불꽃이 높이 솟아올랐던 그날, 너를 좋아한다고 말하지 않았더라면 좋았을걸. 그랬으면, 너는 남겨지는 슬픔을 경험하는 일 없이 나를 지나쳐 갈 수 있었을 테고, 나 또한 상처 입지 않아도 됐을 테니까.

지금 네 옆에 서 있는 가케루와의 행복한 미래가 너를 기다리고 있었을지도 모른다.

"소야."

정신을 차리자 네가 눈앞에 서 있었다.

"왜 그래?"

걱정스레 고개를 갸웃대는 너를 보며 나는 애써 웃는 얼굴을 만들었다.

"아무것도 아냐."

"그래?"

너는 더는 뭐라 하지 않고 해맑게 웃었다.

"왕자 역할 하느라 고생했어, 멋있었어."

"너도."

"정리하자!"

누군가의 목소리에 다들 서서히 움직였다. 그때, 네가 드레스를 입은 채로 내 손을 잡고 달리기 시작했다.

"어? 어디 가려고?"

"야, 다치나미! 소야!"

드레스 차림으로 어쩜 그렇게 거침없이 움직일 수 있을까. 우리는 주위에서 불러도 나 몰라라 하고 달렸다. 내 손을 끌고 무대에서 내려가 체육관을 빠져나간 다음, 다른 건물로 이어지는 복도를 지나 계단을 뛰어오르던 네 발에서 유리 구두가 벗겨졌다.

"안 주워도 돼."

"왜?"

"그걸 주우면, 내가 신데렐라가 돼버리잖아."

"신데렐라잖아."

"그냥 놔둬."

너는 나머지 한쪽 구두도 벗어서 계단 아래로 던졌다.

"야, 깨지면 어떡해."

영문을 알 수 없었다. 내가 구두를 가리켰지만, 너는 관심 없다는 듯이 다시금 내 손을 잡아끌었다.

"괜찮아, 저건 가짜거든. 유리로 만든 구두가 아니야."

결국 우리가 도착한 곳은 텅 빈 교실이었다. 나는 거친 숨을 고르며 너를 보았다.

"갑자기, 왜, 왜 그래."

띄엄띄엄 끊어지는 내 말에 네가 돌아보았다. 왕관은 살짝 비뚤어지고, 하늘빛 드레스 자락에는 때가 묻고, 맨발에는 구두에 쓸려 생긴 상처가 여럿 보였다.

"답답했는데, 잘됐어."

내 시선을 느낀 너는 한쪽 발을 흔들어 보였다.

"춤추자."

"뭐?"

네가 손을 내밀어서 나는 무척 당황했다.

"춤이라니."

나는 난데없이 뭐냐며 또 투덜댔다. 너는 태연한 얼굴로 내게 손을 뻗었다.

"무슨 소린지 모르겠어."

"말 그대로야."

너는 능청스레 나를 빤히 쳐다보았다.

"아니, 그러니까 그게……."

"난, 신데렐라가 아니니까."

"어?"

영문을 몰라 되묻는 나에게 너는 막힘없이 말을 계속했다.

"난 유리 구두도 안 어울리고, 계단에 구두 한 짝만 떨어뜨리는 것도 못 해. 더구나 좋아하지도 않는 사람과 춤까지 추는 건 절대로 못 해. 아까 그 구두도 유리가 아니라 가짜여서 계단에서 떨어뜨려봤자 흠집도 안 나. 세상 하나뿐인 구두가 아니거든."

빠르면서도 또박또박하게 말을 이어나가는 너를 보며 나는 놀라움을 감추지 못했다. 왜냐하면, 지금껏 너의 이런 모습은 거의 본 적이 없었으니까.

"왕자가 죽으면, 나도 그 뒤를 따를 거야. 난 동화 속에 나오는 공주가 아니니까."

"그러면, 로미오와 줄리엣이 돼버리잖아."

"우리의 사랑도, 그렇잖아."

얼굴을 찡그리며 입꼬리를 끌어올리는 너를 보면서 나는 처음으로 네 진심을 엿본 기분이 들었다.

"비극으로 끝나더라도 네 옆에 있고 싶어. 오늘 무대 위에서 사람들의 환호 소리를 들으면서 그런 생각이 들었어. 그치만, 난 신데렐라가 아니야. 너도 왕자가 아니고. 우린 그냥 고등학생이야. 뭔가를 바꿀 강한 힘 같은 건 갖고 있지 않은, 평범한 고등학생."

아, 이제야 알 것 같다. 너도 연극의 내용과 우리 사랑의 결말이 겹쳐 보였던 거구나. 그래서 내가 왕자가 아니라고 필사적으로 부인하고 외면하려는 것이다.

내가 너를 두고 먼저 떠나가서 네 마음을 아프게 한다는 사실은 달라지지 않겠지만, 나는 없고 너는 남아 언젠가 다른 사람과 맺어진다는 사실은 달라지지 않겠지만, 그렇더라도 자신은 신데렐라가 아니라고 부인하고 싶은 것이다.

나는 말없이 네 손을 잡고, 천천히 반대쪽 손을 올려 가느다란 네 허리를 감쌌다. 왕관은 어디론가 사라지고 하늘빛 드레스만이 네 몸에 둘려 있었다.

"춤추자."

그 말 말고는 아무 말도 하지 않았다…… 아니, 할 수 없었다. 네가 울음이 터질 듯한 얼굴을 하고 있어서.

만약에, 내가 병에 걸리지 않았더라면.

너와 내가 사랑에 빠지는 일은 없었겠지.

만약에, 내가 죽는 걸 몰랐더라면.

변함없이 평범한 하루하루를 살아갔겠지.

만약에…… 알고 있다. 모든 건 내가 병에 걸렸기 때문에 시작되었다.

계약 연애처럼 시작했어도 너와 함께할 수 있었어.

내가 죽는다는 걸 알게 된 지금.

남은 시간을 소중히 여겨야지, 너를 아껴줘야지 하고 다짐했어.

너라는 존재가 얼마나 소중한지 깨달았거든.

정적이 내려앉은 빈 교실에서 왈츠를 추며 우리는 몇 번이고 입을 맞추었다. 영원히 기억될 슬프고도 따스한 시간이었다.

나는 너의 왕자가 될 수 없다. 하지만 네가 나의 영원한 공주라는 사실은 변함이 없다. 슬퍼하고 탄식한들 달라지지 않을 결말. 우리는 그 결말이 가까워지고 있음을 아프도록 절절히 느낄 수 있었다.

✿

문화제가 끝나고 일주일이 지났다. 나를 둘러싼 주변 환경은 한결같았지만, 더 많은 빛깔을 잃어버린 내 눈만이 남은 시간을 말해주는 듯했다.

너와 둘이서 춤을 췄던 그날, 우리는 서로가 초조해하고 있다는 걸 알게 됐지만, 그 얘기를 입에 올리지는 않았다. 그러고 싶지 않았다.

그렇다고 우리의 세계가 조금씩 무너져가고 있다는 걸 모르지는 않았다.

"미안해, 무리한 부탁을 해서."

"아니, 난 괜찮아."

가족이 다 같이 외출하고 없는 토요일에 나는 너를 처음으로 내 방에 들였다. 접이식 탁자 위에는 보리차가 담긴 컵두 개가 놓여 있었다.

"여동생이랑 싸워서 집에 있기 불편했거든."

"자매끼리 싸움이라, 심하게 싸웠어?"

나는 무심코 웃을 뻔했다. 갑자기 네게서 연락이 왔을 때는 무슨 일인가 싶었다. 그런데 사정을 알고 보니 그런 이유에서였다.

나는 남동생과 마지막으로 싸운 게 언제였는지 기억이 가물가물했다. 여동생과는 나이 차이가 많이 나서 그렇고, 남동생은 내 안에 용서해야 한다는 마음이 생겼기 때문일까. 그게 아니면, 이제 나보다 어린애들을 상대로 싸울 나이가 지났기 때문일까.

"심하게 싸웠나……."

"뭐, 말하고 싶지 않으면 안 해도 돼."

나는 네게 말하기 싫으면 말끝을 흐리는 버릇이 있다는 걸 최근에 알았다.

밖에는 비가 내렸다. 나는 침대에 엉덩이를 걸치고 앉아 창밖을 내다보았다. 너는 카펫 위에 앉아 보리차가 들어 있는 컵에 시선을 두고 있었다.

고요한 시간이 흘렀다. 아무도 보지 않는 텔레비전 소리와 창밖에서 들려오는 빗소리. 이 모든 게 어딘가 먼 나라에서 들려오는 소리처럼 느껴졌다.

"저기."

내가 너를 불렀다. 그런데 막상 말없이 내 옆에 앉은 너의 체온을 느끼자 무슨 말을 하려고 했는지 기억나지 않았다. 리모컨을 거머쥐고 전원 버튼을 눌러 텔레비전을 껐다.

그대로 리모컨을 탁자 위로 내던지고 너와 마주 보았다.

"비가, 안 그치네."

"그러게."

네 하늘하늘한 시폰 블라우스 목둘레에 예쁘게 묶여 있는 검은색 리본을 손가락으로 만지작거렸다. 얇은 타이츠가 짙은 감색의 짧은 치마 아래로 보이는 다리를 감싸고 있었다.

네 뺨으로 손을 뻗었다. 검지 끝이 너의 부드러운 뺨에 가닿던 찰나, 마치 전기가 통한 듯 온몸에 열이 오르는 기분이 들었다. 기분 탓인지 모르겠지만, 네 눈가에 잿빛이 감도는 것 같았다.

네 눈가를 따라 엄지를 천천히 움직였다. 분명 빨갛게 되어 있겠지. 어쩌면 나도 너처럼 당장이라도 울음을 터뜨릴 것 같은 얼굴을 하고 있을지도 모르겠다.

내가 그런 것처럼 네 손끝이 내 눈가를 따라 움직였다. 떨리는 네 눈동자에 한심해 보이는 내 얼굴이 비쳤다. 이런 순간만이라도 멋진 표정을 지을 수 있으면 좋겠다 싶었지만, 그럴 수 없는 현실을 깨달았다.

여기서 한 단계 더 나아가버리면, 나는 너와의 이별을 점점 더 아쉬워하게 되고 죽음의 공포가 갈수록 가슴 깊이 파고들겠지.

네가 난감한 듯 눈썹을 떨구고 내 뺨을 사랑스럽게 어루만지며 미소 짓자 네 입술에 닿은 내 손가락 끝에 사랑이 실렸다.

네가 너무도 사랑스러워서 가슴이 아프고 숨이 막힐 것 같았다. 감정이 북받쳐 올라 눈시울이 뜨거워졌다. 그렇지만, 사랑의 말을 입에 담지는 못했다.

그 어떤 말로도 지금 나를 가득 채운 가슴 터질 듯한 이 마음을 오롯이 전달하지는 못할 것 같았다. 태어나서 처음으로 무어라 형언할 수 없는 감정을 느꼈다.

맨 먼저 눈에 들어온 건 흘러내릴 듯 기다란 속눈썹이었다. 찬찬히 들여다보니 속눈썹이 반짝반짝 빛나고 있었다. 네 눈에서 흘러나온 물방울 때문이라는 걸 바로 알았다. 아까보다 훨씬 짙어진 잿빛 눈가가 그렇게 말해주었다.

더없이 행복해 보이는 너의 잠든 얼굴은 여느 때보다 조금 얼이 빠진 듯했고 살짝 벌어진 입술은 호를 그리고 있었다. 말랑말랑해 보이는 네 투명한 볼을 만져보고 싶어져 네게 들키지 않게 살며시 잡아당겼다. 볼이 생각보다 꽤 길게 늘어나서 나도 모르게 웃음을 터뜨리고 말았다.

그 때문인지 네 눈꺼풀이 파르르 떨려서 나는 급히 손을 뗐다. 너는 눈꺼풀을 치켜올렸다가 속눈썹을 깜빡깜빡 움직였다.

"미안, 나 때문에 깼지?"

"괜찮아……."

맨살 위로 품이 큰 내 셔츠를 입은 네가 눈을 비비며 나를 보았다.

"왜?"

말끄러미 쳐다보기에 왜 그러냐고 물었더니 너는 아무것도 아니라며 내 목 언저리에 얼굴을 파묻었다. 너의 머리카락이 닿아 간지러웠다. 나는 왼손으로 네 머리를 살살 쓰다들었다.

"있지."

"응?"

"괜찮을 거야."

네가 작은 목소리로 중얼거렸다.

"내가 끝까지 같이 있을게. 널 혼자 두지 않을 거야."

나는 떨리는 네 몸을 힘껏 껴안았다. 우리 사이에 빈틈이 끼어들지 못하도록, 숨이 막힐 정도로 세게 너를 끌어안고 열기를 나눠 가졌다.

어둠의 장막이 내려앉고 나서야 나는 너를 집 근처까지 바래다주었다. "그럼 모레 학교에서 봐" 하며 웃던 너와 헤어지고 집에 가니 때마침 가족들도 돌아와 있었다.

그날 밤 나는 잠이 오지 않아서 침대에 누워 내내 천장만 노려보았다. 눈을 말똥말똥 뜨고 있는데도 마음은 이상하리만치 차분했다.

내가 누군가에게 이루 말할 수 없는 애정을 품게 되리라고는 상상도 못 했다.

누군가와 사랑을 나눈다는 것이 이다지도 행복한 기분에 들게 할 줄은 몰랐다. 또 동시에 이토록 슬프고 아린 기분을 느끼게 한다는 것도.

우리의 시간은 한정되어 있다. 앞으로 네 뺨을 만지고, 네 몸을 느끼고, 네 목소리를 들을 때마다 나는 이쪽 세상에 머무를 시간을 헤아리게 될 것만 같았다.

너와 내가 같은 시간을 살아가지 못한다는 걸 처음부터 알고 있었으면서도 말이다.

어느샌가 창밖은 허옇게 밝아오고 조금 쌀쌀해진 가을바람을 타고 마른 잎이 너울너울 춤추며 아래로 떨어졌다.

"어른의 계단을 올라가버렸네."

입으로는 얼마든지 장난스럽게 말할 수 있었지만 마음은 그렇지 않았다. 나는 가만히 정적에 몸을 맡겼다.

"괜찮을 거야."

어제 네가 했던 말을 되뇌어보았다. 나를 안심시키기 위해서 한 말인지, 아니면 다른 뜻이 있는 건지 알 수 없었다.

"내가 끝까지 같이 있을게."

그건 최후의 순간까지 함께 있겠다는 뜻일까.

"널 혼자 두지 않을 거야……."

죽을 때는 누구나 혼자다. 그러니 이건 너무 안일한 소리일지도 모른다. 하지만 이 말에 그 이상의 의미가 담겨 있는 듯한 느낌이 들었다. 확신은 못 하지만, 네가 그렇게 말하면 믿어도 될 것 같은 기분이 들었다.

얼마 남지 않은 시간 동안 내가 할 수 있는 일이 뭐가 있을지 모조리 떠올려보았다. 가족과 같이 시간을 보낸다, 친구들과 추억을 만든다, 남은 학교생활을 즐긴다······.

갑자기 마음이 불안해져 침대에서 일어나 생각난 것들을 하늘색 노트에 써 내려가다 한 가지 해답이 떠오르자 손이 멈칫했다. 그건 노트에 쓰지 않았고, 방금 썼던 페이지는 찢어서 쓰레기통에 버렸다.

밝아오는 하늘을 한 번 쳐다보고는 다시 침대 속으로 파고들었다. 눈을 감고 다시 생각을 확인했다.

너의 웃는 얼굴이 보고 싶다.

나는 지금까지 너의 웃는 얼굴을 보며 수없이 구원받았다. 그 얼굴을 앞으로도 계속 보고 싶다. 내가 곁에 있는 동안 너를 실컷 웃게 해주고 싶다.

그건 너를 위해서가 아니라 나를 위해 이 세상에 남기는 흔적이다.

메마른 잎이 길바닥에 투두둑 떨어져 내리고 겨울 냄새를 품은 바람이 코트 깃을 두드렸다.

나는 역 앞 시계탑 아래에 서서 검은색 머플러를 입 언저리까지 끌어올렸다. 갈색 더플코트에 검은색 바지를 맞춰 입고 목이 짧은 부츠를 신었다. 작은 가방을 어깨에 걸치고 주위를 한 바퀴 둘러보았다.

지금 내 눈에 보이는 세상은 다소 칙칙한 색채를 띠고 있다. 시야에서 초록이 예상보다 더 빠르게 사라져, 내가 보는 세상은 한층 더 흐릿해졌다. 빨강이 사라졌을 때와 비슷하게, 아니 그 이상으로, 내 세상은 현실감을 잃어버렸다.

그나마 다행인 건 지금이 여름이 아니라는 사실이다. 무성한 초록의 통치를 받지 않는 마른 잎의 계절에는 내 세상이나 다른 사람의 세상이나 색채가 적은 건 매한가지니까.

"추워라……."

그때 또 차가운 바람이 내 몸을 덮쳤다. 이제껏 나는 이 계절이 싫었다. 무엇보다 추우니까. 그런데 지금은…….

"오히려 마음이 놓여……."

사람들에게 들킬 위험도 덜한 것 같고, 추우면 추울수록 공기도 맑아져 상쾌했다.

병을 선고받고 나서부터 내게는 하늘을 올려다보는 버릇이 생겼다. 사실 그전까지는 공기가 맑을수록 밤하늘은 더 높고 별은 더 빛난다는 걸 모르고 살았다.

바지 주머니에 손을 넣고 머리 위 시계로 눈을 돌리자 9시 50분을 가리키고 있었다. 약속 시간은 10시였다.

요즘 들어 밤잠을 설치는 날이 많았고 간신히 잠들더라도 아침 일찍 눈이 떠졌다. 거의 매일 새벽하늘을 보면서 하루를 시작했다. 요 몇 주 동안 나는 그런 생활을 이어가고 있었다.

11월 하순 주말에 내가 이 자리에 서 있게 된 내막을 이야기하려면 2주 전으로 거슬러 올라가야 한다.

"생일?"

"어이구, 몰랐어?"

역 앞 패밀리 레스토랑 한쪽에서 나는 마주 보고 앉은 리카의 말에 놀라 목소리를 높였다.

"내가 어떻게 아냐?"

"너, 정말 히나 남자 친구 맞아?"

"남자 친구, 맞아, 일단은……."

돌발 상황이었다. 너와 데이트하고 헤어져 집에 가다가 우연히 마주친 리카에게 끌려가다시피 하면서 들어온 패밀리 레스토랑에서 "참, 20일이 히나 생일인데, 넌 뭐 해줄 거야?"라는 질문을 받았다.

나는 입안 가득 블랙커피를 머금었다가 사레가 들려 캑캑거렸다.

"진짜 몰랐어?"

의심스러운 눈초리로 나를 쳐다보는 리카에게 되레 화가 날 지경이었다.

"몰랐어! 내가 모르는 걸 넌 어떻게 아는 건데……."

"지난번에 얘기하다가 우연히 알게 됐어."

"생각도 못 했네……."

"너, 보기보다 그런 면에서 둔하잖아."

"히나가 자기 얘기를 잘 안 하니까."

나는 되는대로 머리를 쥐어뜯으며 한숨을 내뱉었다. 너는 항상 중요한 건 말해주지 않았다.

"아닌 게 아니라, 히나가 가족이나 자기 얘기를 잘 안 하긴 하지."

"그렇다니까."

"히나는 늘 들어주는 쪽이잖아. 너랑 대화할 때는 그렇지도 않지만."

"그런가?"

"그래."

리카가 멜론 소다를 입으로 가져갔다. 그러고 보니 얘는 어릴 때부터 멜론 소다를 좋아했었지 하는 생각이 들었다. 이제 그 선명한 초록색은 내 눈에 보이지 않지만.

"그래서, 어쩔 거야?"

"뭘?"

"생일 축하 안 해줄 거야?"

그렇게 네 생일을 알게 되었다.

이제나저제나 하며 머리 위 시계를 올려다보았다. 언제 오더라도 이상할 게 없는 시간이었다. 네가 태어난 11월. 메

마른 잎만 가득하고 볼품없던 계절이 너로 인해 조금 더 좋아졌다.

"기다렸지?"

등으로 목소리를 받으며 돌아보자 완연한 가을 옷으로 갈아입은 네가 서 있었다.

"나, 늦었어?"

"아니, 아니야. 내가 일찍 왔어."

"소야는 늦는 일이 거의 없네."

"내 주위에 지각하는 녀석들이 널려 있어서 그런가."

내가 어이없어 하며 말하자 너는 손으로 입가를 가리고 눈웃음을 지었다. 녀석들이란 너도 알다시피 까불대기 좋아하는 절친과 소꿉친구를 말한다. 걔들은 예사로 한 시간씩 지각을 하곤 했다.

짙은 감색 코트와 검정 블라우스, 새하얀 리본이 달린 흰색 주름치마, 얇은 타이츠와 로열블루 색상의 펌프스.

내가 말하긴 뭐하지만, 너는 항상 우아한 네 분위기에 잘 어울리는 화려하지 않고 차분한 느낌의 옷을 입었다.

그런데도 하나하나가 수수하지 않고 심플하면서도 세련된 옷이어서 품격이 느껴졌다.

그렇지만, 또래 애들처럼 좀 더 밝은 옷을 입었으면 좋겠다는 마음도 있었다. 너는 파란색 계열만 골라 입지만 붉은 색도 분명 잘 어울릴 것 같은데. 나는 속으로 그렇게 중얼거렸다.

새하얀 피부와 새까만 머리카락에는 진홍색도 잘 받을 것 같았다. 머릿속에 그려보려던 나는 이제 그 색을 떠올릴 수 없다는 걸 깨달았다. 네가 아무리 선명한 장밋빛 드레스를 입는다 한들 내 눈은 그 색을 보지 못한다.

요즘 자꾸 그 사실을 잊어버린다. 너라는 존재가 너무도 크고 눈부셔서 색깔을 신경 쓰지 않게 되었다.

리카에게서 생일 이야기를 듣자마자 너에게 어디 가고 싶은 데 없냐고 물었더니 수족관에 가고 싶다는 대답이 돌아왔다.

그래서 지금 우린 전철을 갈아타고 해안선을 따라 지어진 인기 수족관으로 가고 있다.

너는 바닷바람을 맞으며 나보다 좁은 보폭으로 딱 붙어 걸었고, 나는 허공을 헤매며 갈 곳을 잃은 네 작은 오른손을 잡았다.

이럴 때 우리는 아무 말이 없다. 언제부터인가 그게 당연해졌다. 그저 맞잡은 손에 힘을 꾸욱 주며 마주 웃을 뿐이다.

걸으면서 보니 다른 커플들은 얘기를 많이 했다. 우리만 달랐다. 긴장한 것도 아니고, 이야기하는 걸 싫어하는 것도 아니다. 마치 옆에 꼭 붙어 서서 지금 이 순간 우리가 함께 있다는 사실을 음미하는 듯한 분위기였다.

"추워."

"그래."

웬일로 네가 입을 열기에 대답을 하고 다시 손을 잡았다.

나는 이럴 때 살아 있음을 느낀다. 소란스럽지 않고 섬세하고 행복한 시간.

수족관에 다다르자 모던한 건물 앞에 우뚝 솟은 야자수가 차가운 하늘 아래에서 바람에 몸을 흔들고 있었다.

입장권 두 장을 사서 수조가 늘어서 있는 관내로 곧장 걸음을 옮겼다. 손님은 대부분 젊은 사람들이고 우리랑 비슷한 또래의 커플이 많았다.

"예쁘다."

수조에 반사된 빛을 받은 네 모습이 무척 인상적이었다. 온통 파랑으로 넘쳐나는 세상에서 너는 마치 어린애처럼 뛰면서 내 앞을 지나갔다. 대형 수조 안에는 은빛 물고기 떼가 우아하게 헤엄치고 있었다.

"의외다."

"뭐가?"

내가 한껏 신이 난 너를 보면서 웃자, 여전히 흥분이 가라앉지 않은 너는 평소보다 좀 더 큰 목소리로 물었다.

"아니, 어린애처럼 방방 뛰니까."

"나이가 들어도 즐거운 건 즐거운 거니까."

"그래도, 그렇게 뛰어다니진 않을걸?"

더는 참을 수 없었던 나는 배를 잡고 소리 내 웃었다. 너는 납득이 가지 않는다는 얼굴로 내 어깨를 톡톡 쳤다.

"오랜만에 왔거든."

"마지막에 온 게 언제였는데?"

"초등학생 때."

수조를 바라보는 네 얼굴이 어쩐지 쓸쓸해 보였다.

"예뻐."

"그래."

커다란 수조 안을 헤엄쳐 다니는 물고기들을 보면서 생각에 빠져들었다. 그때, 은빛 물고기 떼를 뒤쫓듯 대형 상어가 느닷없이 모습을 드러냈다.

"저렇게 자유롭게 헤엄치고 싶다고 생각했어?"

"우와, 족집게네. 어떻게 알았어?"

"나도 똑같은 생각을 했거든."

어릴 때는 만약의 일을 자주 상상했다.

"만약에, 내일 날개가 생겨서 하늘을 날 수 있다면 끝없이 자유롭게 날아가야지. 만약에, 물속에서 숨을 쉴 수 있다면 저 바다 끝까지 헤엄쳐 가야지. 이런 생각한 적 없어?"

"아, 있었던 거 같아."

묘하게 수긍이 가서 고개를 끄덕였다.

"어쩌면, 오늘 운석이 떨어져서 세상이 멸망할지도 몰라."

"불안한데?"

"내일 아침에 눈을 뜨니 병에 걸렸다는 건 전부 거짓말이고, 당연하게 미래를 맞이할 수 있다든가."

너는 손끝으로 수조 표면을 천천히 문질렀다.

"자주 상상해. 그래봤자 달라지는 건 없고, 눈뜨면 똑같은 오늘이 기다리고 있을 뿐이지만."

"어떤 마음인지 알 것 같아."

"그래?"

"응."

너는 수조에서 손을 떼고 돌아보며 오른편 안쪽을 가리켰다.

"이번엔 저거 보러 가자."

"네네, 그러시죠."

네 손에 이끌려 간 곳은 해파리 구역이었다.

이쪽도 새파란 조명이 어스름한 공간을 비추고 있었다. 중앙에 공 모양의 수조가 놓여 있어서 마치 하늘을 보는 것 같았다. 수조 안에는 해파리가 열기구처럼 둥실둥실 떠다녔다.

깊은 바닷속에 불쑥 나타난 하늘은 많은 이들의 마음을 사로잡았다.

"뭐야, 보고 싶다는 게 해파리였어?"

"그럼 안 돼?"

"아니, 보통은 펭귄이나 돌고래를 보고 싶어 하잖아."

"그럼, 난 보통이 아니라는 거야?"

너는 해파리가 헤엄치는 수조를 뚫어져라 쳐다보았다. 말투와 달리 내가 한 말을 신경 쓰는 기색은 없었다.

"어떤 점이 좋은데?"

"글쎄…… 떠다니는 것처럼 보이지만 헤엄치고 있고, 어쩐지 무상하면서도 예쁘잖아."

"히나랑 닮았네."

"그래?"

"응. 잡힐 듯 잡히지 않고, 여기 있는데 없는 것 같아."

수조 안을 헤엄치는 해파리는 여름에 봤던 불꽃 같았다. 하늘 높이 솟아올랐다가 떨어져 내리던 빛의 줄기가 촉수와 비슷했다. 그날의 시간이 멈춘 듯했다.

"내가 그렇게 어렴풋해?"

"응. 여름 전까지는 그렇게 생각했어."

"정식으로 사귀고 나서는?"

나는 "글쎄" 하며 끙끙댔다. 수조에 손을 갖다 대고 손가락으로 헤엄치는 해파리를 좇았다.

"처음에는 무슨 생각을 하는지 통 모르겠더라."

"어이없어."

"말 좀 끝까지 들어."

볼을 볼록하게 부풀린 네 손을 잡고 다음 수조를 보기 위해 이동했다. 하지만 먼저 온 커플이 보고 있어서 좀처럼 앞으로 갈 수가 없었다.

"지금도 네가 무슨 생각을 하는지 알 수 없을 때도 있어. 그렇지만, 친구를 아끼고, 보기보다 솔직하고. 종잡을 수 없긴 해도, 뭔가 고민하면서 말하기 싫어한다든가, 그런 건 알 수 있게 됐어."

"유심히 관찰하고 있구나."

"그야, 여자 친구니까 자세히 보는 게 당연하잖아."

"하긴, 네 말이 맞아."

뭐가 웃긴지 너는 난데없이 소리 내 웃었다. 천장에 달린 조명을 올려다보고 있던 나는 네게로 시선을 옮겼다. 네가 고개를 숙이고 있어서 정수리만 보였다.

"뭐야, 갑자기."

"아니, 내가 참 행복한 사람이라는 생각이 들었을 뿐이야."

그건 내가 할 말이었다. 너는 커플이 떠난 수조 앞에 붙어서 안을 들여다보았다. 나는 그 뒤에 서서 푸르스름하면서도 오싹한 전율이 일 만큼 아름다운 너를 보고 있었다.

"나를 지켜봐주는 사람이 있다는 건 정말 행복한 일이야."

나는 가만히 네 어깨를 끌어당겼다. 갑작스레 눈물이 터질 것만 같아서 뒤에서 두 팔로 너를 꼭 끌어안았다.

"예쁘지."

"응."

잿빛 해파리가 헤엄치고 있었다.

지금 나는 이곳을 파란색 공간으로밖에 인식하지 못하지만, '그토록 반짝이는 네 눈동자를 사로잡은 세계니까 분명 예쁘겠지'라고 말하려다 입술을 다물었다.

네가 아무 말도 하지 않으니까.

네 목덜미에 얼굴을 대자 은은하고 달콤한 향기가 났다. 부드러운 피부와 체온, 코를 간질이는 네 향기가 불안감을 씻어주었다. 나는 아직 살아 있다고 느낄 수 있었다.

수족관을 실컷 구경하고 동네로 돌아왔을 즈음에는 이미 어둑어둑해져 있었다.

길거리를 걸으며 재잘대는 네 얘기에 맞장구치면서 너의 옆얼굴을 쳐다보았다. 네 옆에서 웃고 있는 나, 내 옆에서 웃고 있는 너. 둘 중 누가 더 행복한 사람일까.

나는 분명히 너로 인해 구원받았고, 네 덕분에 잊고 있던 감정을 되찾은 양 웃으며 살아가고 있었다.

갑자기 네가 걸음을 멈췄다.

"히나?"

내가 무슨 일이냐고 묻기도 전에 네 이름을 부르는 남자의 목소리가 들렸고, 네 눈은 그쪽을 따라 움직였다. 네 시선 끝에 우리처럼 놀란 표정으로 이쪽을 보고 있는 한 사람이 걸렸다.

"아빠……."

"선생님……."

너와 내 목소리가 겹쳤다.

방금, 뭐랬어?

"히나…… 신도 군."

그 남자, 내 주치의는 눈을 휘둥그레 뜨고 우리의 이름을 불렀다.

"어…… 어떻게 된 거야?"

"우리 아빠야……."

선생님이 우리 쪽으로 걸어왔다.

"설마, 신도 군과 사귀고 있었다니."

나는 놀라서 말이 나오지 않았다. 너 역시 뭐라 말이 없었다.

"그랬던 거군."

선생님은 뭔가 깨달았다는 듯이 한숨을 푹 내쉬었다. 그다음에 나온 말을 듣고 나는 삽시간에 사고가 정지되었다.

"히나, 너, 애초에 신도 군이 무채병 환자란 걸 알고 사귀려 했던 거지?"

"네……?"

무슨 말인가. 옆으로 눈을 돌리자 너는 말없이 발밑만 내려다보고 있었다.

"저기, 잠깐만요. 병을 들킨 건 제가 교실에서 봉투를 떨어뜨렸고, 그걸 히나가…… 아니, 다치나미가 보고 주워서……."

"틀렸네, 신도 군. 검사 결과는 2월 말에 나와 있었거든."

"무슨 말씀……이시죠?"

"여긴 사람이 많으니까 장소를 옮기도록 하지."

먼저 걸음을 뗀 선생님을 따라 네 손을 잡고 걸었다. 그사이 너는 내내 고개를 숙이고 있었다.

사람이 적은 카페 안에서 내 옆에 앉아 눈을 내리깔고 있는 너와 내 앞에 앉아 커피를 홀짝이는 선생님 사이에 묘한 긴장감이 흘렀다.

"저, 2월 말에 검사 결과가 나와 있었다는 건 무슨 말씀이시죠?"

"그게, 무채병이냐 아니냐는 의료 기관이 우편물을 보내기 훨씬 전에 나와 있거든. 하지만 진짜 무채병이 맞는지 판단하려면 확인이 필요해. 실수하면 큰일이니까."

"그런 말은…… 처음 듣는데요……."

"그건 극소수만 알고 있으니까."

"……말씀은 대강 알아들었습니다. 그런데 그거랑 히나…… 아니, 다치나미가 알고 있었다는 게 어떻게 이어지는 거죠?"

"그냥 히나라고 불러, 나는 신경 쓰지 말고. 2월 말에 나온 무채병 환자 리스트를 히나가 집에서 우연히 봐버렸거든. 내가 컴퓨터를 켜놓고 자리를 비운 게 잘못이었어……. 그때 히나한테는 비밀로 하라고 당부했었다. 개인 정보니까."

갑작스러운 얘기에 머리가 따라가지 못했다.

"알아들었나? 히나는 처음부터 네가 무채병 환자라는 걸 알고 있었어."

"처음부터 알고 있었다……?"

믿기지 않았다. 아니, 내가 무채병 환자라는 걸 알고 접근했다는 사실을 믿고 싶지 않았다.

"알고 있었어……?"

내 옆에 앉은 너는 줄곧 시선을 아래로 내리고 있었다. 부디 고개를 들고 평소처럼 의기양양하게 웃으면서 다 거짓말이라고 말해주길 바랐다.

"처음부터…… 알고 있었어?"

"……."

너는 고개를 들지 않았다. 나는 선생님의 말이 사실임을 깨달았다.

"너!"

빽 소리에 놀란 네가 일순 어깨를 떨었다.

"처음부터, 다 알았던 거야? ……알면서 그날, 우연인 척했던 거고?"

한번 입을 열자 말이 계속 튀어나왔다.

"그런 식으로 나를 속였던 거야? 일부러 1년이라는 조건까지 내걸고…… 속아 넘어간 나를 보면서 속으로 얼마나 비웃었던 거야!"

"아니야……."

"아니긴 뭐가 아냐!"

얼굴을 든 너는 왈칵 쏟아질 듯한 눈물을 억누르고 있었다.

"말도 안 돼……."

나는 머리를 부여잡고 네게서 눈을 돌렸다. 너는 쾅 하고 큰 소리를 내면서 가게를 박차고 나갔다. 그때 나는 너를 뒤따라갈 수 없었다.

카페에는 손님이 별로 없어서 우리가 말다툼을 벌이고 네가 가게를 뛰쳐나가도 아무도 신경 쓰지 않았다.

"화 안 나세요?"

"뭣 때문에?"

"지금 제가 선생님 눈앞에서 따님에게 상처를 준 것과 따님이 앞날이 보이지 않는 사람과 사귀는 것에 대해서요."

선생님은 잠자코 커피 잔을 입으로 가져갔다.

"너희들이 사귀는 건 오늘 처음 알았다. 내 딸이 이런 일을 벌였을 줄은 상상도 못 했어. 네가 화내는 것도 무리는 아니지."

너와 닮은 선생님의 단정한 얼굴을 보며 네 아버지가 맞다는 걸 재확인했다. 여태 알아차리지 못했던 게 오히려 신기할 지경이었다.

"그렇지만, 히나의 마음도 아예 이해 못 하는 건 아니거든."

"네……?"

"히나는, 어려서부터 아무것도 갖고 싶은 게 없는 애였어. 나랑 아내가 이 학원 저 학원 보내느라 친구와 놀 시간까지 빼앗아버려서 그랬을지도 모르지만. 이게 갖고 싶다, 저걸 해보고 싶다, 그런 말은 한 번도 하지 않았어."

그는 옛날을 떠올리듯 먼 곳을 바라보며 말을 계속했다.

"두 살 어린 여동생이 하나 있는데, 그 애는 히나와 반대로 뭐든 다 해달라며 막무가내로 떼를 써댔거든. 그렇다 보니 우리 부부는 히나한테 뭘 해줘야 할지 더 모르겠더라고. 그저 열심히 공부해서 좋은 대학에 들어가고, 최종적으로는 나처럼 의사가 되는 것. 저 애는 줄곧 우리가 결정해놓은 레일 위를 걸어왔다. 불평 한마디 없이, 그게 당연하다는 듯이."

"……그랬……군요."

"그랬던 애가 유일하게 스스로 원하고, 얻고 싶어 했던 것. 그게 바로 너였지."

"어……."

당황스러웠다.

"좀 전에 히나가 너랑 이야기하는 모습을 보고 놀랐다. 저 애가 그렇게 활짝 웃는 건 처음 봤거든."

"히나는…… 평소에도 잘 웃는데요."

"그건 네가 앞에 있어서 그래. 적어도 집에서는 전혀 안 웃었거든, 올봄까지는."

"올봄……."

"네 덕분이다. 부모의 반대를 무릅쓰고 특별반에서 나온 보람이 있었어."

아래로 내려간 눈꼬리, 희미하게 호를 그리는 입술, 비스듬히 처진 눈썹이 너와 판박이였다.

"그럼, 내 딸을 잘 부탁하마."

계산하는 뒷모습을 보면서 나는 생각했다. 그날 너는 무슨 말이 하고 싶었던 걸까.

만나서 반갑다는 거짓 인사를 나눴던 개학 첫날, 비록 각본이 짜인 만남이었어도 나는 너를 좋아하게 되었다. 너도, 그랬다. 둘이서 함께 웃으며 보낸 시간들은 가짜가 아니었다.

머릿속에 아버지를 쏙 빼닮은 너의 웃는 얼굴이 스쳤다. 나는 자리에서 일어나 달리기 시작했다.

"신도 군!"

"죄송합니다, 저 먼저 가볼게요!"

카페 문을 여는 선생님 옆을 빠져나가 해가 저문 거리를 향해 냅다 뛰었다.

"어디 간 거야!"

숨을 헉헉거리며 전화를 걸었지만 너는 받지 않았다.

"전화를 받을 수 없나⋯⋯ 아냐, 이건 분명 무시하는 거야."

나는 심통이 난 채로 이리저리 뛰어다녔다. 벌써 몇 번이나 이렇게 내달렸다. 1초가 아까울 만큼 더 빨리 달려가 너를 만나고 싶다고, 너를 만나지 않으면 안 될 것 같다고⋯⋯ 그런 마음도 너와 맞닿으면서 알게 되었다.

"어디 있는 거야⋯⋯."

나는 네가 갈 만한 곳을 알지 못했다. 아니, 네가 평소에 어디를 즐겨 가는지조차 모른다는 사실을 이제야 깨달았다.

"제일 잘 안다고 생각했는데, 난 아무것도 몰랐어."

나는 급히 멈춰 섰다. 반년이 넘는 시간 동안 나는 너를 안다고 착각했을 뿐, 실제로는 무엇 하나 아는 게 없을지도 몰랐다.

이를테면, 가족은 어떤 사람들이고, 쉬는 날엔 뭘 하며 지내는지. 네 집은? 네가 좋아하는 음악은? 취미는?

네가 말하고 싶지 않아 하면 억지로 캐물을 필요는 없다고 생각했다. 그런데 그게 아니었다. 나는 내 문제에만 정신이 팔려서 너에 관해 적극적으로 알려 하지 않았던 것이다.

"정말 보고 있긴 했던 걸까."

무심코 혼잣말이 나왔다. 너는 내가 너를 지켜보고 있다고 말했지만, 사실 나는 아무것도 보고 있지 않았던 게 아닐까. 그저 좋아한다는 마음만 확인하고 있었을 뿐이다.

아랫입술을 한 번 물고는 다시 달렸다.

"여기 있지는…… 않겠지."

결국 항상 가던 곳으로 발걸음이 향했다. 벚나무가 가득한 추억의 장소, 미하나다 공원이었다.

나는 무심히 그네가 있는 쪽으로 다가갔다. 외따로 앉아 있는 낯익은 뒷모습을 보고 놀랐지만 천천히 가까이 다가갔다.

"하나."

네 이름을 불렀다. 움찔하며 고개를 든 네 눈가가 촉촉이 젖어 있었다. 네 얼굴을 보고 한숨짓는 나를 향해 너는 어깨를 떨어 보였다.

"이제 화낼 힘도 없어."

나는 네 옆자리 그네에 올라탔다. 그대로 서서 발을 굴렀다.

"말 안 해서 미안해."

"말하기 싫었던 거잖아."

너는 입을 다물었다.

"괜찮아. 나도 비밀로 하고 싶은 일쯤은 있으니까."

예를 들면, 둘도 없는 친구가 너를 좋아한다는 것, 나는 그 친구에게 어마어마한 열등감을 느낀다는 것. 그리고 너에게 매달려 울부짖고 싶을 정도로 간절히 살고 싶어 한다는 것까지도.

"사쿠라나가시."

"응……?"

"……예전에 이 공원에서 어떤 남자애한테 가르쳐준 적이 있어. 비가 와서 벚꽃이 떨어지는 걸 사쿠라나가시라고 한다고."

'사쿠라나가시.'

'응?'

'비가 와서 벚꽃이 떨어지는 거. 그걸 사쿠라나가시라고 한대. 엄마가 가르쳐줬어.'

꿈속에서 몇 번이고 봤던 어린 시절의 기억이 되살아났다.

"언젠가 그 남자애를 한 번 더 만날 수 있기를 기대했어. 그것 말고는 아무것도 바라는 게 없었어."

"설마……."

내가 발을 멈추자 그네는 서서히 속도를 떨어뜨렸다.

"고등학교에서 그 애를 다시 봤는데, 완전 딴사람이 되어 있었어. 그렇게 좋아하던 축구도 안 하고, 내 기억 속의 모습과는 영 딴판으로 차가운 표정을 짓고 있었어."

나는 너를 알고 있다.

"그때보다 키가 훌쩍 자라서 어른스러워 보였어. 난 그냥 보기만 해도 좋았어. 복도에서 우연히 스칠 때, 얼핏 그때와 똑같이 웃음 짓는 얼굴을 보여주기만 해도 내 마음은 충분히 보상받은 것 같았어."

너는 나를 알고 있다.

"잘 지내고 있다면 그걸로 됐다고 생각했어. 그런데 어쩌다 봐버린 리스트에 네 이름이 적혀 있었어."

그네는 더 이상 움직이지 않았다.

"울고 싶었어. 왜 이런 일을 겪어야 하냐고 얼마나 원망했는지 몰라. 그냥 보기만 해도 좋았는데, 네가 잘 살면 그걸로 충분하다고 생각했는데. 하느님은 내 소원을 들어주지 않았어."

어느새 너는 울먹이고 있었다.

"그래서, 나는 어떻게 해서든 1년 동안은 네 곁에 있고 싶어졌어. 이루어지지 않을 첫사랑을 그렇게 억지로 이루어냈지. 상대의 기분 같은 건 생각도 안 하고. 난 정말 최악이야."

길게 늘어뜨린 까만 머리카락이 기억 속의 여자아이와 겹쳐졌다.

"우린, 8년 만에 다시 만났어, 소야."

너의 그 말에 기억이 선명하게 되살아났다. 그랬다. 그날, 우리는 서로의 이름을 들었다.

'나는, 소야라고 해. 신도 소야. 넌?'

'……히나. 다치나미 히나.'

너는 망설이다가 입술을 떼더니 이름을 가르쳐주었다.

'그렇구나, 히나. 한자로는 어떻게 써?'

'비단 비(緋) 자에 능금나무 내(柰) 자를 써.'

'비단 비?'

'붉은색이라는 뜻도 있어.'

'아하! 내 이름, 소야의 소는 푸를 창(蒼) 자를 쓰는데.'

'그렇구나.'

'굉장해, 빨강과 파랑이잖아!'

그렇게 말하면서 나는 손뼉을 탁 쳤고, 너는 그런 나를 올려다보며 이상한 애라고 중얼거렸다.

"……히나였어."

기억 속 그날과 같은 장소에서 내 첫사랑은 다시 이어졌다.

"그 애가, 히나였다니."

내가 놀라움을 감추지 못하고 말하자 너는 눈물을 닦으며 고개를 까딱했다.

"미안해."

처음 만난 게 아닌데 만나서 반갑다고 인사해서 미안하다는 너의 말을 듣고 나는 할 말을 잃었다.

"분명 기억 못 할 것 같아서, 그래서 말 못 했어. 나, 참 한심하지."

"……아니야."

"응?"

"그렇지 않다고."

나는 그네에서 뛰어내려 네 앞으로 가서 섰다.

"그 애가 너였다는 걸 나는 방금까지도 기억하지 못했어. 그건 반성할게. 근데 난 여기 오면 다시 그 애를 만날 수 있지 않을까 싶어서 거의 매일 이 공원에 왔었어. 그러다 산책 코스처럼 여길 지나다니게 됐고."

나는 너를 보며 웃었다. 왜냐하면, 네가 여태 본 적 없는 인간미 넘치는 표정을 짓고 있었기 때문이다. 무슨 생각을 하는지 알 수 없던 평상시 얼굴이 아니라 울어서 엉망이 된 얼굴. 지금 내 앞에 있는 너는 그냥 열일곱 살짜리 여자아이였다.

"우연은 아니지만, 나는 이렇게 내 첫사랑을 다시 만나고 다시 사랑할 수 있게 됐어. 뭐, 결과적으로 그렇다는 말이지만."

"······화 안 나?"

"아까 화낼 힘도 없다고 한 거 못 들었어? 그리고, 그것 보다······."

"그것보다?"

"내내 찾고 있었어. 기억도 못 하면서 다시 한번 만나고 싶다고. 나도 모르는 사이에 만난 줄도 모르고 말이야."

"그러니까 괜찮아"라고 말한 다음, 그네에 앉아 있던 네 손을 끌어당겨 일으켜 세우고 너를 내 품 안에 가뒀다. 차갑게 식은 네 몸이 내 몸의 열을 빼앗아 갔다.

"고마워."

내가 그렇게 말하자 너는 말없이 고개만 끄덕이며 나를 마주 안아왔다.

너니까, 일부러 말하지 않았겠지. 지난 4월, 나는 무채병 때문에 머리가 복잡했고 죽음의 공포로 겁에 질려 있었다. 그럴 때 갑자기 네가 나타나 우리가 옛날부터 알던 사이였다고 말한들 제대로 기뻐하지 못했을 테고, 더구나 무채병 때문에 재회했다는 걸 알았더라면 참을 수 없을 정도로 극심한 허무감에 가슴이 짓눌렸을지도 모른다.

마지막 1년을 함께하려던 것. 굳이 처음 만난 사이처럼 대해준 것. 모두 나를 위해서였다는 걸 알고 나니 눈물이 목구멍까지 차올랐다. 내가 의지할 수 있는 존재가 바로 여기 있었다.

나는 떨리는 네 어깨를 힘껏 끌어안고 매달리듯 말했다.

"……죽고 싶지 않아."

너를 향한 사랑이 흘러넘쳤다.

너는 가만히 있었다.

"……히나, 나, 죽기 싫어."

"……그래."

"솔직히 전에는 될 대로 되라는 심정이었어. 언제 죽든 상관없다고 생각했거든. ……그런데, 이젠 하고 싶은 일이 잔뜩 생겼어."

네가 가르쳐주었다. 누군가를 사랑하는 게 이토록 멋진 일이라는 것을. 무심히 지내온 일상이 더없이 소중하다는 것을. 색채가 사라져가는 세상에선 사랑이 미래를 향한 희망을 안겨준다는 것을.

그러면서 동시에 달라지지 않는 현실이 고개를 들이밀었다. 간절히 바라도 우리의 사랑은 행복한 결말을 맞이하지 못한다.

"……응."

"이번 크리스마스에는 둘이서 놀러 가자. 1월에는 새해

첫 참배를 가고, 입김이 하얗게 나오는 추운 날엔 손잡고 학교에 가고, 가케루랑 리카랑 넷이서 엉뚱한 짓도 하고, 밸런타인데이에는 히나한테서 초콜릿도 받고 싶어. 히나가 직접 만든 초콜릿."

"……응."

"그럼 나도 답례할 테니까, 뭘 받고 싶은지 생각해둬."

"생각해……볼게."

너에게 줄 크리스마스 선물은 아주 비싼 걸로 준비해야지. 저금을 싹 다 써버려도 괜찮다. 네가 선물을 받고 기뻐해준다면, 나와 함께 보낸 1년을 잊지 않고 기억해준다면 그걸로 충분하다.

"2학년이 끝나고 봄이 오면, 이 공원에서 벚꽃 놀이 하자, 둘이서. 그리고 4월 6일에는 내 생일을 같이 축하하고, 3학년 때도 같은 반이 돼서 옆자리에 앉자."

그러면 너는 창가 자리에 앉아 내 머리카락 색이 예쁘다고 말해주겠지. 다시 한번, 만나서 반갑다고 인사하는 것도 나쁘지 않을 것 같다. 그때는 분명 얼굴을 마주 보고 웃게 되겠지.

"……소야."

"여름에는 불꽃놀이를 보러 가자, 그때도 유카타 입고 와.

내년 여름에는 바다도 가보자. 넌 수영복 입은 모습도 예쁠 거야. 가을이 되면 둘이서 문화제 구경도 하고. 그때는 가게 루한테 왕자 역 안 넘기고 나 혼자 할게. 그리고 오늘처럼 또 네 생일을 축하하자."

"소야!"

네가 소리를 질러서 나는 얼굴을 들었다. 네 눈동자에 비친 나는 지금까지 보인 그 어떤 모습보다도 엉망일 것 같았다.

가슴이 아프고 시야가 흔들렸다. 내내 할 수 없었던 말을 네 앞에서 쏟아냈다.

"……왜 나는 죽는 걸까?"

끝없이 흘러내리는 눈물을 닦으며 떨리는 입술 사이로 뱉어낸 그 목소리는 내 입에서 나온 소리라곤 생각되지 않을 정도로 가냘팠다.

"난…… 죽고 싶지 않아, 아직. 죽고 싶지 않아, 죽고 싶지 않아, 죽기 싫어!"

네게 매달려 목 놓아 울었다. 얼마나 우스꽝스러울까. 말해봤자 소용없다는 걸 머리로는 알고 있었다.

"……두고 가지 마."

진심이었다. 내 입 밖으로 처음 나온 말. 네 미래를 망치고 내 죽음을 받아들이는 말.

"……나를 두고, 미래로 가지 마."

✻

네가 꿈꾸는 미래에 나는 없다. 그 사실을 처음으로 알게 된 건 너와 사귀고 나서 한 달쯤 지난 5월의 어느 날이었다. 꽃이 지고 잎이 돋아난 벚나무를 쳐다보고 있던 너에게 가케루가 말을 거는 순간을 복도에서 우연히 보게 되었다.

나쁜 짓 하는 장면을 목격한 것도 아닌데 나는 왠지 교실로 들어가기가 망설여졌다.

"소야 기다려?"

"응, 넌?"

"난 깜빡 놓고 간 게 있어서 찾으러 왔어. 금방 다시 동아리 훈련 하러 가야 돼."

"그래, 힘들겠다."

"힘들어도 좋아서 하는 거니까. 소야는, 어디 갔는데?"

"교무실. 프린트물 제출하는 걸 부탁받은 모양이야."

"으아, 싫겠다."

사이좋게 말을 주고받는 두 사람의 대화를 가만히 엿들었다. 가케루가 얼른 교실 밖으로 나오지 않아 짜증이 나면서도 나는 선뜻 교실 안으로 발을 들이밀지 못했다. 네가 나 아닌 다른 남자와 둘이서 대화를 나누는 게 괜스레 마음에 걸렸다. 아마도 질투심이었던 것 같다.

"다치나미, 벚꽃 좋아해?"

"……그건 왜 물어?"

"맨날 창밖만 보고 있으니까. 여기서 보이는 거라곤 벚나무밖에 없잖아. 바로 아래쪽 출입구도 나무에 가려서 안 보이고. 벚나무 말고는 아무것도 없는데?"

"자세히 보고 있었네."

"그야, 내가 소야 절친이니까. 소야도 툭하면 벚나무를 보고 있거든."

"그래…… 벚꽃, 좋아해. 특별한 추억이 있거든."

설마 그게 나와 얽힌 추억이라고는 그때의 나는 상상도 하지 못했다.

"아…… 난 별로 안 좋아하는데. 나무에 송충이가 잔뜩 들러붙어 있잖아. 난 털 달린 벌레는 딱 질색이거든. 다른 건 다 괜찮은데 말이야."

"의외네."

"그런 말 많이 들어."

그러고 보니, 인기 많은 내 친구 가케루는 보기와 달리 벌레를 무서워했다. 뭐야, 그런 시시한 얘기나 하고 있던 거였어? 마음이 놓인 나는 교실로 들어가려고 문에 손을 올렸다.

"……내년에도 볼 수 있으면 좋겠다."

네가 불쑥 내뱉은 그 한마디에 손이 멎었다.

"볼 수 있겠지, 여기저기 잔뜩 피니까."

"그러게."

내년에도. 너는 아무렇지 않게 미래를 이야기했다. 내게는 없는 미래를 말이다.

✽

네 어깨에 얼굴을 묻고 우는 내 모습은 얼마나 보기 흉할까. 너는 자그마한 손에 힘을 주어 힘껏, 아주 힘껏 나를 끌어안았다. 절대로 떨어지지 않겠다고 말하는 듯한 그 손은 떨리고 있었다.

"마지막 순간까지 옆에 있을게."

몸도 목소리도 떨렸지만, 그래도 너는 또랑또랑하게 말했다.

"앞날 같은 건 생각할 필요 없어. 아무튼, 난 계속 네 옆에 있을 거야. 내가, 그러고 싶으니까."

"그게 뭐야."

나는 무심코 웃고 말았다. 내가 희망의 끈을 놓아버리려 할 때마다 너는 내 손을 잡아주었다. 그런 너는 내게 크나큰 빛이었다.

"약속할게."

"이렇게 덜덜 떨면서?"

"너도 마찬가지야."

우리는 눈물범벅이 된 얼굴로 서로 마주 보고 웃었다.

겨우 열일곱 살인 우리에게 죽음은 너무나 막연해서 실감이 나지 않았다. 그러나 죽음은 압도적인 존재감을 갖고 있어서 때때로 우리를 정체를 알 수 없는 공포감에 휩싸이게 했다.

맞서 싸우기에는 그 위력이 너무 세서 이기겠다는 생각은 감히 해볼 수도 없었다.

우리는 이미 알고 있었다. 우리의 이야기가 해피 엔딩으로 끝나는 일은 없다는 걸, 그러니 운명을 받아들여야만 한다는 걸.

죽음은 멈추지 않고 내게로 다가오고 있다. 그러나 그 사실을 받아들여버리면, 나는 내일을 믿을 수 없게 된다. 이제 다시는 죽고 싶지 않다는 말 따위 하지 않겠다.

나는 마지막 순간까지 너와 함께 있고 싶다. 살아가기를 단념하지 않겠다. 하루라도 더 너의 미래를 함께하고 싶다. 단지, 그뿐이다.

얼마나 그러고 있었을까. 공원 시계를 쳐다보니 벌써 7시가 지난 후였다.

"늦어서 미안. 시간, 괜찮겠어?"

"난 괜찮아, 내가 더 미안해."

우리는 공원을 나와 밤이 내려앉은 주택가를 손을 잡고 걸었다. 둘 다 울어서 눈가가 퉁퉁 부은 모습이 눈에 띄었지만 지금 우리에게는 그런 걸 신경 쓸 겨를이 없었다.

"아, 맞다. 깜빡했어."

나는 가로등 아래에서 걸음을 멈추고 가방을 뒤져 하늘색 리본이 달린 작은 종이봉투를 꺼냈다.

"생일, 축하해."

"아……."

"생일 선물이야. 마음에 드시면…… 좋겠습니다……." 긴장한 나머지 높임말이 튀어나왔다. 마음에 들지 않나 걱정되는 마음에 당사자를 앞에 두고 말이 헛나갔다. 너는 종이봉투를 받아 들고 천천히 열었다.

"헤어클립……."

"……아니, 그게, 항상 귓가에 핀을 꽂고 다니잖아…….
이제 내 눈에는 안 보이지만, 빨간색이었지?"

네 손에 들려 있는 건 예쁜 리본이 달린 진홍색 헤어클립
이었다. 그렇다, 짙은 빨강이다. 나는 이제 그 색을 볼 수 없
지만.

"왜 빨강이야……. 소야 눈에는 안 보이잖아."

"아, 그거 고를 때는 리카한테 도와달라고 부탁했는데, 들
킬까 봐 진짜 조마조마했어."

"그게 아니라! 소야는 이제 못 보잖아, 꽂고 있어도 모르
잖아……."

"그건 그렇지만, 너, 빨간색 좋아하잖아."

내가 모를 줄 알았는지 너는 화들짝 놀란 얼굴로 나를 쳐
다보았다. 너의 이런 야무지지 못한 면이 사랑스러웠다.

"내가 모든 색을 볼 수 있었을 때, 네 소지품은 전부 빨간
색이었거든. 머리핀도 그렇고. 그러다가 내가 차츰 색깔을
못 알아보게 되면서 넌 옷도 파란색 계열만 입었잖아. 내가
볼 수 있게, 내가 알 수 있게. 아무리 그래도 네가 좋아하는
색으로 꾸몄으면 좋겠어, 난."

나는 파란색 머리핀이 꽂혀 있던 자리에 진홍색 헤어클립
을 대신 꽂았다.

"봐, 이게 훨씬 잘 어울리잖아."

"보이지는 않지만" 하고 웃으며 농담처럼 말하자 너는 눈물이 그렁그렁한 눈으로 쳐다보면서 나를 툭툭 쳤다.

"아야! 갑자기 뭐야."

너는 주먹을 꼭 쥐고 한 번 더 내 가슴을 치고는 발치를 내려다보면서 대답했다.

"……소중히 잘 쓸게."

나는 싱긋 웃으며 네 머리를 쓰다듬었다.

"그래."

"그치만, 옷은 계속 파란색을 입을래."

"뭐야, 그게. 지금 이 분위기라면 바꾸는 게 맞잖아."

"왜냐면."

네가 고개를 들었다. 장난기가 사라져 여느 때처럼 쓸쓸해 보이는 얼굴이었다.

"네가 보는 세상에서 색이 전부 사라지는 마지막 순간까지, 나는 예쁜 모습으로 남고 싶거든."

처음 듣는 그 말에 나는 입술을 꽉 물었다. 너는 줄곧 그렇게 생각해왔던 걸까. 내 삶이 끝나는 마지막 순간까지 내 눈에 또렷이 비치고 싶다고.

"고마워."

나는 다시 너와 손을 잡고 걷기 시작했다.

갈기갈기 찢어질 듯 아픈 가슴을 부여잡고 터질 듯한 감정을 억눌렀다. 가슴이 쓰라리도록 너를 향한 마음이 커져만 갔다. 그 사실이 너무 괴로웠다.

이토록 나에게 마음을 써주는 너에게 내가 바라는 건 오직 하나뿐이었다. 오늘처럼 너의 미래가 행복하기를 간절히 바란 적은 없었다.

가로등만이 어두운 밤길을 비추고 있었다. 이제 곧 네 집 앞에 도착한다. 내가 데려다줄 때마다 네가 이쯤에서 됐다고 말했기 때문에 오늘 처음으로 네 집 앞까지 가게 되었다.

"저기야."

네 손가락 끝이 검은색 문으로 둘러싸인 커다란 벽돌집을 가리켰다.

"우와, 진짜 크다……."

내가 알던 단독주택의 크기가 아니었다. 어느 정도냐면, 저택이라고 부르는 편이 더 어울리는 집이었다.

"데려다줘서 고마워."

"별 소릴 다 하네."

대문 앞에서 네가 내 손을 놓자 어쩐지 조금 서운한 마음이 들었다. 그때 현관문이 벌컥 열렸다.

"이제 오냐."

"……아빠."

거기 서 있는 사람은 네 아버지이자 내 주치의였다. 그는 말없이 빙그레 웃기만 했다.

"화해한 모양이구나."

"아까는 소란 피워서 죄송합니다."

나는 허리를 굽혔다.

"인사가 늦었습니다만, 히나와 사귀는 사이입니다."

나는 고개를 들고 한 음절 한 음절 되새기듯 말했다. 환자와 의사가 아니라 사람 대 사람으로 말해야 했다.

"선생님도 알고 계시듯이, 제게는 시간이 얼마 없습니다."

놀라는 그의 얼굴을 똑바로 보면서 말을 이었다. 꽉 쥔 주먹에 힘이 들어갔다.

"너무 제멋대로라는 건 저도 알아요. 그렇지만, 저는, 마지막까지 히나와 함께 있고 싶습니다. 눈을 감는 그 순간까지."

정말 이기적인 말이었다. 앞으로 살날이 얼마 남지 않은 나는 너를 행복하게 해줄 수 없다.

"저에겐, 미래가 없습니다. 그 사실이 절대로 바뀌지 않는다는 것도 잘 알고 있어요. 무책임해 보일지 모르지만, 그렇기에 더더욱, 마지막 순간까지 제 여자 친구 히나와 함께하고 싶습니다. 남은 시간 동안……"

말을 끊었다가 입술을 물며 네 쪽으로 눈길을 보냈다. 네 눈가에는 또다시 눈물이 고여 있었다.

"꼭 행복하게 해주겠습니다. 제가 없어도 행복하게 살아갈 수 있도록."

다시 정면을 쳐다보며 결연한 어조로 말하는 내 얼굴을 보며 그가 눈꼬리를 내렸다.

"히나, 넌 먼저 들어가거라."

"그치만……"

"괜찮다. 남자끼리 할 중요한 얘기가 있으니까."

걱정스럽다는 듯 나를 살피는 네게 가볍게 손을 흔들어 보였다. 너는 오늘 고마웠다는 말을 남기고 집 안으로 들어갔다.

"그럼, 얘기 좀 할까, 신도 군."

나는 숨을 들이마셨다. 어쩌면 돌이킬 수 없는 짓을 저질렀는지도 모르겠다. 격앙된 목소리가 날아들 거란 각오는 되어 있었다.

그런데 놀랍게도 다정한 음성이 귓가에 울렸다.

"히나를 잘 부탁한다."

"아……"

"내가 혼낼 줄 알았어? 그럴 리가 있나. 아버지로서 기쁜데."

"저, 잠깐만요. 정말, 괜찮으세요?"

"그럼."

나는 난감했다. 된통 혼이 날 준비를 하고 있었다. 앞으로 반년도 살지 못할 애송이 주제에 애지중지 키운 딸을 행복하게 해주겠다니, 허풍도 그런 허풍이 없었다.

"……저는! 앞으로 반년도 안 남았습니다!"

소리 내 말하고 나니 새삼 마음이 꺾일 것만 같았다. 살아가는 걸 포기하고 싶었지만, 마지막까지 싸우기로 마음을 고쳐먹었다. 나는 너와 함께할 미래를 꿈꾸고 있었다.

"……히나가, 늘 아무것도 갖고 싶은 게 없던 히나가, 너와 다시 만나기 위해서 스스로 행동했어. 너를 만나고 사랑하면서 저 애는 딴사람이 된 양 반짝반짝 빛이 나. 우리는 본 적도 없는 얼굴로 웃게 됐고."

선생님은 부드러운 목소리로 차근차근 말을 이어나갔다.

"언제나 사람 사귀는 데 서툴던 저 애한테 친구도 여럿 생겼어. 지금껏 단 한 번도 학교생활이 즐겁다고 말한 적 없었는데, 이제는 매일 웃으면서 학교에 가. 왠지 알겠어? 네가 있기 때문이야."

나는 그저 가만히 듣고만 있었다. 이 사람의 입에서 나오는 말은 한마디도 흘려들어서는 안 된다는 생각이 들었다.

　"전부 다 네 덕분이다, 신도 군. 그러니까 나는 너와 히나 앞에 어떤 미래가 기다리고 있더라도 참견 안 할 거야. 우린 너한테서 많은 걸 받았거든. 내 아내도 같은 생각이고."

　눈물방울 하나가 뺨을 타고 흘렀다. 아까 그렇게 울었는데 아직도 남은 눈물이 있다니, 눈물샘이 고장 난 게 아닌가 싶었다.

　"그러니까, 내 딸을 잘 부탁한다."

"아, 춥다."

한 해의 마지막 날 밤, 동네 신사로 이어지는 길의 가로등 아래에서 곱은 손끝을 데우며 새까만 하늘을 올려다보았다.

"여어!"

"왔냐."

가케루가 등에 대고 말을 걸어왔다. 녀석의 코끝이 진한 회색으로 물들어 있었다.

"너, 코가 빨갛다."

"넌 귀까지 시뻘겋거든."

색이 안 보이는 내가 이렇게 간단히 색깔을 알아맞히는

건 회색빛의 농도와 상황으로 판단하기 때문이다. 이런 나 자신이 장하다 싶지만, 어쩌면 익숙해졌을 따름인지도 모르겠다.

아주 많은 색이 사라져버린 탓에 지금의 내 세상은 검은색, 흰색, 회색, 그리고 아직 보이는 파란색으로 이루어져 있다. 농담(濃淡)이 만들어내는 세상에서 빨강과 초록은 둘 다 진회색이다. 그러나 피부가 초록색일 리는 없다. 그 유명한 패스트푸드점의 간판이 초록색으로 바뀔 리도 없고, 길가에 심긴 풀과 나무가 빨간색일 리도 없다. 그렇게 머릿속으로 하나씩 정리하다 보니 지금의 수준까지 이르렀다.

"그나저나 크리스마스 때는 진짜 재밌었어."

"진짜!"

가케루의 말에 장단을 맞추듯 익숙한 목소리가 뒤쪽에서 날아들었다.

"으악, 어디서 나타난 거야, 리카!"

밤의 참배 길을 걷고 있는 남자 둘, 가케루와 나 사이에 소꿉친구가 얼굴을 쏙 내밀었다.

"어머, 눈치 못 챘어?"

"전혀."

"난 바로 알아봤어. 너, 그 오렌지색 패딩 점퍼가 너무 눈에 띄거든."

"어때, 예쁘지?"

내심 실수했다고 생각했다. 가끔 이럴 때가 있다. 최대한 주위를 자세히 살펴보려고 애쓰지만, 그래도 안 보이는 건 안 보이는 거라서 놓치는 경우가 생긴다.

"소야, 눈 나빠진 거 아냐?"

"그런가."

리카의 물음에도 평상심을 잃지 않으려고 애쓰며 아무렇지 않은 척 대꾸했다. 색이 보이지 않는 걸 숨기는 실력이 점점 늘어간다.

"크리스마스는, 정말 즐거웠어!"

"소야네 집을 폐허로 만들었지."

"치우느라 죽는 줄 알았다고."

크리스마스. 넷이서 우리 집에 모여 파티를 했다. 실은 너와 단둘이 오붓한 시간을 보내고 싶었지만, 리카와 가케루가 크리스마스이브는 둘이서 보냈으니 이번에는 양보하라며 성화를 부렸다.

그렇게 우리 집에 쳐들어와서는 아주 난장판을 만들고 돌아갔다. 중간에 돌려보낼 마음도 있었지만, 네 얼굴에 웃음꽃이 피어 있어서 나는 아무 말도 하지 못했다.

"오랜만에 폭죽도 터뜨리고."

"뒷정리하느라! 고생했거든!"

"미안, 소야."

가케루가 말꼬리에 하트 마크를 달 기세로 말했다.

"느끼하게 왜 이래."

"야, 리카, 들었어? 이 녀석 말이 너무 심해."

"뭐 어때, 야다가 느끼한 건 사실인데."

"야, 너네! 학교 왕자님한테 그런 식으로 말하기 있냐."

"웩, 자기 입으로 학교 왕자님이래!"

"진짜, 토하겠다."

"그만해! 나 운다!"

"맘대로 하시지요."

우는 시늉을 하는 가케루는 무시하고 걸음을 서둘렀다. 긴 계단을 올라가자 신사 정문이 나왔고 파란색 코트가 보였다.

"히나."

이름을 부르자 네가 내 쪽으로 고개를 돌리고 웃어주었다.

"소야, 안녕."

"안녕."

네 입술에서 빠져나온 새하얀 입김이 한순간 밤하늘을 수 놓으며 사라졌다. 그 모습을 보니 가슴에 짙은 공허가 스며

들었지만 동시에 예쁘다는 생각도 들었다.

"또 파란색이야?"

"응, 이건 절대로 양보 못 해."

의기양양하게 말하는 너는 오늘도 파란 옷을 입고 있었다. 내 눈에 색이 보이지 않는 유일한 건 네 머리에 꽂혀 있는 헤어클립뿐이었다. 내가 네 생일에 선물한 그 헤어클립은 하루도 빠짐없이 네 귓가에 꽂혀 있었다.

그리고 만날 때마다 너는 내게 물었다.

"잘 어울려?"

오늘도 기분 좋게 귓가를 매만지며 물었다.

"똑같은 질문을 몇 번이나 했는지 알아?"

"서른 번쯤?"

"질릴 때도 됐을 텐데."

나는 반쯤 어이없어 하면서도 잘 어울린다고 대답했다.

"오늘은 이것도 하고 왔어."

너는 "짜잔!" 하고 소리 내 말하며 머플러를 풀었다. 그러자 작은 보석이 박힌 은목걸이가 빛났다. 내가 크리스마스 때 준 선물이다.

이대로 통장에 돈을 넣어두는 건 의미가 없다 싶어서 그동안 모아둔 세뱃돈을 탈탈 털어 혼자 어색하게 주얼리 숍으로 들어갔다.

그때 얼마나 얼굴이 화끈거리던지, 다시는 가고 싶지 않을 정도였다. 그러면서도 네가 기뻐하기만 하면 그걸로 됐다고 생각하는 나를 보며 내가 너에게 완전히 빠졌다는 걸 다시금 확인했다.

"추우니까 빨리 머플러 다시 매."

"그 머플러, 네가 하고 와서 안심했어."

"……아, 이거."

나는 입가를 막기 위해 진한 남색 머플러를 끌어올렸다. 살짝 온기가 밴 이 머플러는 크리스마스 때 너에게 받은 선물이다.

하얀 숨을 토하는 너의 목덜미를 가려주려고 네 손에서 방금 푼 머플러를 받아 칭칭 감았다.

"엄마 같아."

"……웃지 마."

"야, 거기 두 사람!"

불현듯 뒤쪽에서 들려온 목소리에 그들의 존재가 되살아났다.

"알콩달콩하는 건 둘이 있을 때만 해줄래?"

"야다, 너 지금 여자 친구 없다고 질투하는 거면 진짜 꼴

불견이야."

"시끄러워! 눈을 찌르는 네 패딩 색깔도 못 알아볼 정도로 꿀이 떨어졌다고!"

"히나, 기다리게 해서 미안해."

"괜찮아, 리카."

"내 말은 아무도 안 듣냐!"

더는 그냥 보고 있을 수 없어서 가케루의 어깨를 토닥여 주었다.

가케루는 너를 좋아하는 게 분명한데도 여전히 한 걸음도 다가서지 않았다. 그 사실에 마음이 놓이는 한편, 내가 사라진 뒤 가케루라면 너를 맡겨도 되겠다고 생각하는 또 다른 내가 있었다.

오늘은 일부러 장갑을 끼지 않았다. 주머니에서 손을 빼내 맨주먹을 쥐었다 펴길 반복했다. 이렇게 하면 내가 아직 여기 있다는 사실을 실감할 수 있었다.

"그럼, 가자!"

왼손에는 희미하게나마 온기가 남아 있어서, 걸음을 떼는 너의 차가운 오른손을 잡고 열을 나누기에 부족하지 않았다. 도리이*를 지나자마자 참배객들이 줄지어 서 있어서 우리도 뒤에 가서 섰다. 곧 새해가 밝아온다.

"몇 초 남았어?"

"30초 정도!"

"정도라니! 정확하게 말해, 리카!"

"야다, 입 좀 다물어…… 앗, 새해다."

"뭐냐, 싱겁게."

나는 어처구니가 없어서 한마디 했다. 둘이서 입씨름을 하다 이렇게 돼버렸다.

"새해 복 많이 받자!"

"복 많이 받아!"

"새해 복 많이 받아."

"너희도."

들뜬 세 사람을 곁눈질하며 대꾸했지만, 나는 영 그럴 기분이 아니었다.

올해가 가기 전에 너와 헤어진다.

뎅…… 하며 장엄한 제야의 종소리가 사방에 울려 퍼졌다. 이윽고 참배를 위해 길게 늘어서 있던 줄이 움직이기 시작했다.

"와, 새해가 밝았어."

✳ 신사 입구에 세워진 기둥 문.

"별로 달라지는 것도 없잖아."

"어휴, 야다. 이런 건 기분 문제거든! 그렇지, 히나?"

"그럴지도."

불과 몇 초 전까지는 지난해였는데 돌연 새해로 바뀌었다. 해가 바뀐들 큰 변화가 생기는 것도 아니고 기분도 달라지지 않는다.

하지만 올해는 달랐다. 12시가 지나자마자 무언가 사라지는 느낌이 들었다. 뭐가 사라졌는지도 알지 못한 채 나는 손을 접었다 폈다 했다.

하늘은 변함없이 아름다웠고 캄캄한 하늘에는 새하얀 별이 빛나고 있었다. 옅은 구름이 초승달 주위를 감싸며 몽환적인 분위기를 자아냈다.

"왜 그래?"

네 목소리를 듣고 눈을 돌렸다. 그때, 위화감의 정체가 뭔지 비로소 깨달았다.

네가 입고 있는 짙은 감색 코트가 잿빛이었다.

조금 전까지 보였던 진한 파랑. 제야의 종이 울릴 때까지 거기 있었던 색을 이제는 떠올릴 수조차 없었다.

"아무것도 아니야."

나는 웃음으로 얼버무렸다. 내가 보는 세상에서 색이 모조리 사라지는 마지막 순간까지 예쁜 모습으로 남고 싶다던 너의 코트 색이 이제 보이지 않는다고는 차마 말할 수 없었다.

이렇게 죽음을 향해 나아간다. 누가 말해주지 않아도 내가 제일 잘 알고 있다. 평온한 죽음. 바로 그 죽음이 한 걸음 한 걸음 가까워지고 있다. 이제 와 새삼 놀랄 일도 아니다.

시한부 인생을 선고받은 후로 270일 동안 죽음과 계속 마주해왔기에 이제는 익숙했다. 다만, 미세하게 떨리는 왼손이 조금 남아 있던 공포심을 드러냈다.

"후후."

문득 건조한 웃음을 흘렸다.

"야, 소야, 갑자기 왜 그래."

알고는 있었지만, 그래도 고통스러웠다.

"미안, 미안."

잿빛이 너를 자꾸자꾸 집어삼켰다.

"내가, 이렇게 기억력이 나빴었나……"

더럭 겁이 난 나는 그렇게 혼잣말하면서 맞잡은 손에 힘을 주었다.

"……나쁘지 않을 거야."

작게 중얼거리는 소리와 함께 마주 잡아오는 손에서 온기가 느껴졌다.

아, 나는 아직 여기, 살아 있다. 좀 전까지 느껴지지 않던 것이 이제야 실감 나기 시작했다. 나는 정말로, 올해 죽는다.

맞잡은 손의 온기를 몇 번이고 확인하면서 참배 길을 걸었다. 어느샌가 길었던 줄 맨 앞에 가서 섰고 눈앞에 새전함이 나타났다.

새전함에 동전을 던져 넣었다. 작년까지는 5엔이나 10엔짜리였지만, 올해는 500엔짜리를 집어넣었다. 마지막이니까 선심 좀 써야지. 그러니, 제발 내 소원을 들어줬으면 좋겠다.

아무것도 빌지 않게 된 지 벌써 4, 5년이 흘렀다. 소원을 비는 건 이번이 마지막이다. 올해만큼은 신의 존재를 믿어보고 싶었다.

공손히 절을 하고 천천히 두 손을 모았다.

저기요, 내 말 들리세요? 안녕하세요, 존재하지 않는 하느님. 17년을 살아왔어요. 그것도 앞으로 몇 달 후면 끝이지만요. 그러니까, 마지막으로 부탁드립니다. 먼저, 내가 떠난 후에도 히나가 웃으며 살 수 있기를. 그리고 또 하나는……

소원을 다 빌고 나서 눈을 떴다. 옆에 서서 조심스레 손을 모으고 기도하는 네 모습이 보였다. 너는 눈을 번쩍 뜨더니 한 번 더 절을 올렸다.

"끝났어?"

"어."

우리는 한발 앞서 참배를 끝내고 기다리는 두 사람에게로 달려갔다.

"히나는 꽤 오래 빌더라."

"그랬나?"

"응, 난 5초 만에 끝냈어."

"야, 그건 너무 짧잖아."

내가 리카의 말꼬리를 잡고 늘어지자 네 얼굴이 살짝 풀어졌다. 아, 어이가 없다. 너무 어이가 없다. 이렇게 시시한 일상마저도 사랑스럽게 느껴졌다.

"근데, 요즘 소야 말이야, 잘 웃는 것 같지 않아?"

"그런가?"

가케루가 별 뜻 없이 던진 말에 내심 동요했다.

"그렇다니까, 전에는 이만큼 안 웃었어. 맨날 우리를 보면서 비웃기만 했지."

"아, 걱정 마. 그건 지금도 여전하니까."

"야."

아닌 게 아니라 가케루를 보면 기가 막혀서 자주 코웃음을 쳤다.

"여자 친구가 생겨서겠지, 야다."

"와아. 여친 없는 사람은 어디 서러워서 살겠냐."

"아무도 뭐라고 안 했거든."

역시 감이 좋다. 가케루는 예리하다. 내가 뭔가 숨기고 있고, 그래서 자주 웃는다는 것도 아마 눈치챘을 것이다.

"그럼, 이제 해산하자."

"그래."

"소야, 넌 히나 잘 데려다주고!"

"누가 안 데려다준대?"

"그럼, 잘 가. 리카, 야다."

손을 흔들며 멀어져가는 뒷모습을 지켜보았다. 두 사람이 모퉁이를 돌아 보이지 않게 되자 우리도 걸음을 뗐다.

"언제 봐도 활기가 넘쳐."

"오늘도 시끌벅적했지."

"그래도 네 기분이 좋아 보였어."

"응…… 즐거웠어."

보폭을 맞추며 걸었다. 270일을 함께 보내는 사이 좁은 보폭에도 익숙해졌다.

"그건 그렇고, 꽤 오랫동안 기도하던데, 뭘 그렇게 빌었어?"

"소야…… 소원을 말하면 안 이루어진다는 거 몰라?"

"앗, 그런 얘기 들은 적 있어."

"그럼, 소야가 먼저 말하면 나도 말해줄게."

"너…… 방금 말하면 안 된다고 했잖아……."

"하하, 비밀이야. 절대 말 안 해줄 거야."

그건 나도 마찬가지였다. 좀 전에 빌었던 소원을 떠올려 보았다.

"소야?"

"아무것도 아니야, 가자."

나는 다시 네 오른손을 잡았다. 또 하나의 소원은, '마지막까지 죽음과 맞서 싸울 힘을 주세요'라는 걸 네게는 절대로 말할 수 없었다.

❋

날이 조금씩 풀리자 임무를 마친 머플러를 옷장 깊숙이 집어넣었다. 다시는 볼 일 없을 머플러를 향해 고마웠다고 한마디 인사를 건넸다.

겨울은 조용히 작별을 고하고 물러났다.

오늘은 아마도 학생으로 지내는 마지막 날이 될 것 같다. 3학년에 올라가는 날까지 내가 살아 있을지는 알 수가 없으니까. 이를 악물고 하루하루를 살아냈더니 시간이 굉장히 빠르게 흘러갔다. 정신을 차려 보니 3월의 종업식 날이었다.

아침에 일어나 교복 재킷에 팔을 끼워 넣었다. 마지막일지도 모른다 생각하니 어쩐지 서운했다. 매번 느슨하게 맸던 넥타이를 오늘만큼은 제대로 매볼까 하다 손을 멈췄다. 마지막이니 평소처럼 느슨하게 매고 갔다가 담임 선생님에게 걸려서 잔소리를 들어도 괜찮겠다 싶었다.

"학교 다녀오겠습니다."

집을 나서자 바깥은 아직 쌀쌀해서 하얀 입김이 나왔다. 도대체 누가 3월을 봄이라고 한 거야? 봄기운이 하나도 느껴지지 않았다. 이제 내 눈에 하늘을 제외하고는 전부 회색으로 보였다. 세상은 처음부터 회색빛이었다는 듯 위화감조차 들지 않았다.

"좋은 아침!"

"으아!"

누가 뒤에서 몸을 부딪쳐오는 바람에 비틀거리고 말았다.

"너 진짜……."

"놀랐지?"

예상대로 뒤에서 리카가 깔깔 웃고 있었다.

"왜 뒤따라오는 건데?"

금방 앞질러 갈 줄 알았는데 좀처럼 앞으로 나서지 않아서 나는 또 뒤를 돌아보았다. 리카는 항상 내 앞쪽에서 걸었다. 그런데 오늘은 웬일로 내 뒤에 있었다.

무슨 까닭인지 그 자리에 멈춰 서 있던 리카는 한순간 놀란 표정을 짓더니 다시 실실 웃으며 내 앞을 쪼르르 지나갔다.

"뭐냐."

"아니, 아무것도 아냐."

몇 걸음 앞서 걸어가는 소꿉친구의 등이 그새 작아졌음을 깨달았다. 그 등이 줄곧 나를 지켜주었다. 리카는 내가 자기를 좋아하지 않는다는 사실을 훨씬 오래전부터 알고 있었다. 언제든 미련 없이 나를 떠나도 됐을 텐데.

그런데도 언제나 내 옆에 있었다. 당연하다는 듯이 그 자리를 지키며 앞장서서 걸었다. 마음을 고백한 후에도 한결같은 태도로 곁에 있어주었다. 작년 4월에는 알지 못했던 그 존재의 소중함을 나는 새삼 깨달았다.

"너, 좋은 애야."

"뭐야, 이제야 내 매력을 알아차렸어? 그럼 히나랑 바꿀래?"

"바꾸긴 뭘 바꿔, 말이 되냐."

"나도 알거든!"

지금도 농담 섞인 그 말에 진심이 담겨 있는지 어떤지 나는 알지 못했다. 그때 리카가 개운한 얼굴로 이쪽으로 돌아오더니 내 어깨를 톡톡 치면서 입꼬리를 끌어올렸다.

우리는 남녀 사이가 되지는 못했지만, 분명 그 이상의 무언가로 이어져 있었다.

"소야, 너 변했어."

"갑자기 뭐래."

"1년 전까지는 내가 뒤에 있건 말건 신경도 안 썼으면서."

"그랬나?"

"있지, 소야."

그렇게 말하는 표정이 여느 때와 달리 진지해서 나는 저절로 발을 멈췄다.

"감추는 게 뭐야?"

시간이 멈춘 듯했다. 내 눈동자를 뚫어져라 바라보는 리카의 시선에서 도망치는 건 불가능했다.

"……뭔 소리래."

애써 평정을 가장했다. 여기서 표정이 바뀌면 끝장이다.

"내가 눈치 못 챌 줄 알았어? 얘가 소꿉친구를 물로 보네."

언제부터, 언제부터 알고 있었던 거야?

"그런 거 없는데?"

"너는 거짓말할 때 꼭 목을 만지더라."

목 언저리를 훑고 있던 오른손이 움직임을 멈췄다.

"그게, 그렇게 말하기 싫어?"

물러서지 않는 리카의 태도에 나도 모르게 한숨이 새어 나왔다.

"별일은 아니고, 그냥 고민이 좀 있어서."

리카는 그렇게 말하는 나를 물끄러미 쳐다보다가 눈을 몇 번 깜빡이고는 숨을 길게 내쉬었다.

"그럼, 더는 안 물어볼게."

빙그르르 돌아 방향을 바꾸고 다시 걷기 시작한 리카를 보며 나는 마음을 놓았다. 쿵쿵 뛰는 심장 소리가 귀에 거슬렸다.

"포기가 빠르네."

일부러 평소처럼 도발하는 말을 내뱉었다. 실은 당장이라도 심장이 튀어나올 것만 같았다.

"나한테는 말 안 해도, 히나한테는 말했지? ……그럼 됐어."

리카는 그렇게 말하면서 난처한 듯 눈썹을 아래로 늘어뜨렸다.

"정말 성가셔서 죽겠다니까!"

다시 걷기 시작한 리카의 등을 보며, 나는 뭐라 말을 하려고 입을 벌렸다가 도로 다물었다.

판단이 서지 않았다. 지금 말하는 게 좋을까, 아니면 말하지 않는 게 좋을까.

지금까지 히나 말고 아무에게도 털어놓지 않은 건 나를 추억하는 게 싫어서였다.

누군가 알아차리고 하루하루 슬퍼하면서 보내지 않기를, 내일이 당연히 올 거라 믿으며 내일 또 보자고 인사해주기를 바라서였다.

그런다고 미래가 보장되지 않는다는 걸 알면서도 내게 또 다른 하루가 찾아올 거라고 기대했다. 그렇게 지내다 보면, 자연스럽게 마지막 순간을 받아들이게 되리라 믿었다.

예전에 드라마에서 사고로 소중한 사람을 잃는 장면을 본 적이 있다. 당시 나는 어렸기 때문에 남겨진 사람들의 슬픔을 객관적인 눈으로 바라보았다. 그리고 만약 내가 죽는다는 사실을 알게 되면 어떻게 할지 생각해보았다.

그때는 어떻게 해야 할지 몰랐지만, 지금의 나는 그 답을 찾았다.

"미안해."

낯익은 등을 향해 작게 중얼거렸다.

"다들, 3학년 올라가서도 열심히! 열심히 공부하는 거다! 특히, 야다!"

"아아, 왜 저만 콕 집으시는 거예요."

체육관에서 종업식을 마치고 교실로 돌아온 뒤, 종례 시간에 담임 선생님이 마지막으로 한 말에 반 애들이 폭소를 터뜨렸다. 나는 웃음을 참느라 입을 틀어막았다. 너도 내 옆자리에서 입을 가리고 어깨를 들썩이고 있었다. 이렇듯 네가 내 옆에 앉아 웃는 게 당연한 일상이 되었다.

종례가 끝난 뒤에도 교실이 시끌시끌한 게 영락없이 문화제 때 같았다. 그때 중심에 서 있던 나는 지금 멀찍이 물러서서 그 광경을 지켜보고 있었다.

가케루는 변함없이 교실 한복판에서 떠들어댔다. 조금 달라진 점이라면, 그 울타리 안에 너도 들어가 있다는 것. 1년 전에는 상상도 못 했던 일이다.

처음에 너는 왠지 다가가기 어려운 존재였다. 너는 그런 걸 신경 쓰지 않았고 혼자 있는 게 아무렇지 않은 사람 같았지만.

문화제가 커다란 전환점이었다. 그때까지 거리를 두고 지내던 반 아이들과 네가 적극적으로 엮이게 되었다. 너에게 차갑고 가까이 다가가기 어려운 사람이라는 인상을 받았던 애들도 차례차례 태도를 바꿨다.

언제부터인가 많은 애들에게 둘러싸여 있는 네 모습이 당연해졌다. 남녀 불문하고 네 주위에 모여 웃고 떠들었다. 나는 그 광경을 보며 얼마간의 쓸쓸함과 그것보다 훨씬 더 큰 기쁨을 동시에 느꼈다.

내가 없어도 그 광경이 계속 이어질 것 같아 마음이 놓였다. 턱을 괴고 너를 바라보다 너와 눈이 마주쳤다. 나는 기분 좋게 웃는 너를 향해 손을 흔들었다.

네게서 창문으로 눈을 돌리자 창밖으로 보이는 벚나무가 꽃망울을 터뜨릴 준비를 하고 있었다. 그렇게 계절은 돌고 돌아 다시 봄을 맞이하려 했다.

"소야, 이리 와!"

뒤쪽에서 나를 부르는 가케루의 목소리가 들려와 창밖을 보던 시선을 거둬들였다. 반 아이들이 모두 모여 단체 사진을 찍으려던 참이었다.

"이쪽, 이쪽."

가케루가 내 팔을 잡아끌며 한가운데 서 있는 네 옆으로 끌고 갔다.

"자, 찍는다!"

다른 반 여자애가 카메라를 들고 정면에 섰다. 오늘이 추억이 될 무렵이면 나는 이 세상에 없다.

앞으로 2주 후면 없어질 내가 이렇게 눈에 띄는 자리에 서서 가케루와 어깨동무를 한 채 웃고 있어도 되는 걸까.

브이 자를 만들었던 손가락 두 개가 소리 없이 아래로 떨어졌다.

"찍는다, 셋, 둘."

카운트다운이 시작된 순간, 아래로 내려가던 내 손가락이 불쑥 위로 올라왔다. 네가 내 손을 받치고 옆에서 웃고 있었다.

"괜찮아."

그런 목소리가 들린 것 같아 나는 카메라를 똑바로 쳐다보았다. 찰칵, 카메라 셔터 소리가 경쾌하게 울렸다. 그렇게 나의 고등학교 2학년 시절은 끝이 났다.

집으로 향하는 길에 너는 옆에 서서 조용히 걸었다. 곧바로 스마트폰으로 보내준 사진을 확인하니, 웃음 짓는 가케루 옆에서 눈썹을 내리고 어색하게 웃고 있는 내가 찍혀 있었다. 너는 늘 그랬듯 옆에서 예쁘게 미소 짓고 있었다.

"어색하게 웃고 있네."

네가 스마트폰을 들여다보며 내 얼굴을 가리켰다.

"그러게, 눈에 띄네."

"넌, 걱정거리가 있으면 꼭 이렇게 웃더라."

"에이…… 설마……."

"진짜야."

네가 그렇게 말하면 틀림없는 사실이겠지. 지난 1년 동안 너는 가장 가까운 곳에서 나를 지켜보며 아주 사소한 변화도 알아차렸으니까.

"이게 마지막이다 싶었어?"

"뭐…… 그것도 그런데."

화면이 어두워진 스마트폰을 집어넣었다. 바지 주머니가 약간 무거워졌다.

"내일이 올 거라 믿으면, 마지막이 아닐지도 몰라."

"예상외로 새 학기를 맞이할 수도 있고."

"맞아, 맞아. 앞일은 어떻게 될지 모르잖아."

"넌, 상상하는 걸 좋아하는 것 같아."

"그런 것 같아. 이런저런 가능성을 자꾸 생각하게 되거든."

웃으면서 만약을 이야기했다. 너와 사귄 후로 수도 없이 이야기했던 희망이 넘치는 미래는, 비록 일시적이긴 해도 우리의 마음을 부드럽게 어루만지기에 충분했다.

현실 속 내 미래에는 희망이 털끝만큼도 남아 있지 않아, 만에 하나라는 가능성조차 존재하지 않는다. 우리는 그 사실을 모른 체하기 위해 눈을 감았다가도 문득 순간적으로 떠올려버리고 그때마다 또 가상의 이야기를 반복했다.

어쩌면, 만약에. 이런 얘기를 되풀이하다 보면 언젠가 그 일이 진짜로 이루어질지 모른다는 말도 안 되는 환상을 품고 있어서였다.

하지만, 그것도 오늘로 끝이었다.

"있잖아."

"응?"

"네가 좋아."

차가운 바람이 우리 둘 사이를 지나갔다. 비탈길 중턱에 우뚝 멈춰 선 나를 몇 걸음 앞서가던 네가 쳐다보았다. 조금 커진 동공은 보였지만, 머플러가 입가를 가린 탓에 네 표정이 정확하게 보이지 않았다.

나는 주머니에 찔러 넣은 손을 굳이 빼지 않았다. 세상은 온통 잿빛인데 내 눈에 비친 너만은 항상 색이 덧입혀져 있는 듯했다.

"갑자기 뭐야?"

그렇게 묻는 네 목소리가 살짝 떨렸다.

"그렇게 놀랄 일이야?"

"응. 놀랐어."

네가 너무도 사랑스러운 나머지 나는 눈매를 느슨하게 풀었다. 또 눈썹이 내려가 있을지도 모르겠다.

"말하고 싶지 않았는데."

너는 걸음을 멈춘 채 미동도 하지 않았다.

"하고 싶을 때, 하고 싶은 말을 해야겠다 싶더라고."

이제 곧 말할 수 없게 된다. 그러니 그 전에 하기로 마음먹었다.

"그만둬."

너는 발끝을 노려보며 주먹을 쥐었다.

"그런 추억 만들기는 그만둬."

고개를 든 네 얼굴을 보고 나는 깜짝 놀랐다. 너는 울고 싶을 만큼 괴로워하면서도 온 힘을 다해 울음을 참고 있었다. 그런 표정은 처음이었다.

"나는 널 추억 속으로 밀어내지 않을 거야."

"난 곧 없어지는데? 내가 없어도 네 삶은 계속되잖아. 나이를 먹고. 다시 누군가를 만나고, 결혼해서 아이도 낳고."

"계속 안 돼."

"계속돼, 내가 없어도. 계속된다고. 할머니가 되어 죽을 때까지. 언젠가 오늘이 잘 생각나지 않을 정도로 먼 기억 속의 한 조각이 될 때까지 너는 살아가게 돼."

"살지 않을 거야."

"살아야지. 차라리 지금, 나랑 약속해. 내가 죽고 없어도 계속 살다가, 몇십 년 후에, 지금보다 훨씬 더 행복한 모습으로 웃으며 세상을 떠나겠다고."

우리는 둘 다 꼼짝도 하지 않았다. 나는 물러서지 않았다. 이게 내 소원이니까.

"그런 약속은 못 해."

"어휴, 고집하고는."

고개를 끄덕이지 않는 너를 보며 나는 무심코 웃고 말았다.

"그럼 마지막 순간이 찾아왔을 때, 활짝 웃으면서 죽음을 맞이하는 거야. 그러니까, 후회 없이 실컷 웃고 행복했다는 생각이 들 때까지는 죽지 마."

"……알겠어."

"진짜 알아들었어?"

나는 웃으며 네 머리를 쓰다듬었다. 너는 입술을 꼭 다물고 자꾸만 고개를 끄덕였다.

평소와는 반대되는 입장에서 어린애처럼 약속을 하지 않으려고 버티는 네가 한없이 귀여웠다. 동시에 내가 너에게 사랑받고 있다는 걸 알게 되어 기뻤다.

"아, 하나 더 있는데."

"뭔데?"

중요한 걸 빠뜨렸다. 나는 네 손을 힘주어 잡았다.

"내가 살아 있는 동안 마지막까지 웃으면서 지내자."

네가 그 손을 마주 잡아주었다.

"언제 죽을지 모른다는 말을 농담하듯 웃으면서 이야기
하자. 그러면 의외로 아무렇지 않게 내일이 찾아올지도 모르
잖아."

"……알았어."

새끼손가락을 걸어 약속한 뒤에 네가 내 가슴으로 뛰어들
었다. 내 몸보다 작은 너를 품에 안고 있는 힘껏 끌어안았다.

'좋아해, 헤어지기 싫어'라는 말이 입술 밖으로 새어 나올
뻔했지만 나는 그 말들을 삼켰다.

지난 1년 사이에 스스럼없이 입에 올릴 수 있게 된 그 말
들을 이제 더는 너에게 해줄 수 없었다.

내 입에서 흘러나온 그 말들이 네 안에 영원히 살아남을
테니까. 수십 년이 흘러도 그 말을 들었을 때의 추억이 문득
문득 되살아날 테니까.

나는 비겁하다. 남겨진 네 기억 속에서 내가 사라지길 바
라고 네가 행복하길 바라면서도, 마음 한쪽에서는 나를 잊지
않고 좋아해주길 갈망한다.

이건 아마도 어쩔 수 없는 인간의 본성이겠지.

358
—
365
일

우리는 남은 날들을 카운트다운하는 기분으로 많이 웃으며 시간을 보냈다. 남은 시간 따위 알 바 아니라는 듯이 아무렇지 않게 내일 또 보자는 인사를 건넸다.

추운 겨울은 어디론가 자취를 감추고 세상은 또다시 만개한 벚꽃에 둘러싸였다.

"예쁘다."

우리가 처음 만났던 공원에서 너는 꽃잎이 흩날리는 공중으로 손을 뻗었다.

"어."

네가 예쁘다고 하니 분명 아주 예쁘겠지. 네 눈동자에 비친 이 세상은 선명한 색채를 띠고 있을 테니까.

거의 모든 빛깔이 사라진 세상은 생각했던 것보다는 쓸쓸하지 않았다. 내 앞에서 웃는 너의 표정 하나하나가 흑백 사진처럼 내 머릿속에 아로새겨졌다. 어렴풋이 보이는 네 연하늘색 셔츠 원피스가 바람에 나부꼈다. 연하늘색은 며칠 후 내 시야에서 마지막으로 사라지게 될 색깔이다.

색깔은 보이지 않아도 나는 지금 내 눈앞에 펼쳐진 풍경에서 눈을 뗄 수 없었다. 아마도 너와 둘이서 보는 두 번째 벚꽃일 테니까.

처음 만났던 그때처럼 너는 그네에 앉고 웃으며 뒤에 선 내가 발을 굴러 그네를 탔다.

"갑니다!"

"네!"

아래쪽에서 키득키득 웃는 네 웃음소리가 들려왔다.

"손님, 어디까지 올라가실래요?"

"글쎄요, 손이 하늘에 닿을 때까지."

"그렇다면, 그냥 비행기를 타시죠."

"힘 좀 내보세요, 아저씨."

"건방진 손님일세."

나는 힘을 실어 다리를 굽혔다 폈다 했다. 속도가 붙은 그

358/365일

261

네 위에서 보이는 거라곤 하늘과 벚꽃과 나부끼는 네 머리카락이 다였다.

"하하, 높다, 높아."

"아, 지친다."

"힘내."

신이 난 네가 나를 올려다봤다. 더없이 화창한 하루가 평온하게 흘러갔다.

봄방학이 한창인 오늘 오전에는 내 방 책상 앞에 앉아 노트 한 권을 끄집어냈다. 손때 묻은 이 노트에는 우리의 추억이 담겨 있다. 펜을 놀리는 내 머릿속은 네 생각으로 가득했다.

"너무 길다고 화내는 거 아냐?"

혼자 웃다가 노트를 덮고 잠시 눈을 감았다.

오늘은 중요한 약속을 하기 위해 너를 만나지 않고 외출한다.

납득하지 못하겠지만, 녀석에게 부탁할 일이 있다.

얼마 전에 너와 왔었던 공원 벤치에 앉아서 하늘로 손을 뻗어 손가락으로 비행기구름을 좇았다. 나는 이상하게도 마음이 차분했다. 불안하지 않다면 거짓말이고, 후회하지 않는다고 하면 그것도 진심은 아니었다. 그런데도 내 마음은 그 어느 때보다 침착했다.

"성질부리겠지."

내가 불러낸 상대를 떠올려보았다. 돌이켜 보면, 모든 일의 출발점은 여기였다. 내 사랑은 바로 이 공원에서 싹이 텄다.

"뭔가 감개무량하네."

나는 곧 열여덟 살이 된다. 열여덟의 나와 녀석은 만날 수 있을까. 아마 못 만나겠지.

슬프지 않다면 그 또한 거짓말이었다. 내가 현실을 마주하기 두려워 달아났을 때 녀석이 내 등을 떠밀어주었다. 그리고 제 마음을 숨기면서까지 계속 내 옆에 있어주었다. 바보 같으면서도 최고로 멋진 친구다. 녀석보다 괜찮은 친구는 없을 것이다.

녀석은 어떨까?

물어보지 않아도 어차피 대답은 알고 있다. 나는 녀석에게 두 가지를 부탁하고 싶다. 내 부탁이 녀석을 평생 옭아맬지도 모르지만, 녀석 말고는 달리 부탁할 사람이 없다.

하나는, 나보다 훨씬 더 친한 친구를 만들라는 것. 그리고 나머지 하나는…….

숨을 내쉬며 기도하듯 두 손을 모았다가 그 손을 하늘을 올려다보는 얼굴에 갖다 댔다.

"웬일이냐, 소야. 갑자기 불러내고."

"가케루."

"뭐냐? 내가 보고 싶었어?"

"그래, 그럴지도."

가케루는 벤치에 앉아 웃고 있는 나를 보며 한순간 눈을 크게 떴다가 곧바로 수상쩍다는 눈빛을 보냈다.

"소야…… 너, 뭐 숨기는 거 있지?"

"그래, 맞아."

나는 가케루를 향해 공을 던졌다. 공을 받아 든 가케루는 다시금 놀란 표정을 지었다.

"잠깐 같이 좀 놀아줄래?"

녀석의 손에 들린 건 예전에 우리가 맨날 같이 차고 놀던 축구공이었다. 우리는 골대를 찾아서 안쪽 잔디 광장으로 이동했다.

이맛살을 찌푸린 채 공을 차고 있는 녀석은 어느새 나보다 키가 더 커지고 축구부 에이스에 인기인이 되었다. 그때의 소심하고 왜소했던 가케루는 이제 어디에도 없는데, 지금 내 눈에는 녀석의 예전 모습이 보였다.

그건 아마 변하지 않는 근본적인 부분이 남아 있기 때문이라고 생각했다.

녀석은 언제나 진짜 궁금한 건 묻지 않았다. 지금도 그냥 물어보면 될 텐데, 내게 공을 패스하면서 말을 기다리고 있었다.

"과연 에이스야. 실력이 좋은데?"

"누가 할 소리. 넌 한동안 공은 만져보지도 않았을 텐데, 여전하네."

우리의 시선은 두 발을 오고 가는 축구공을 따라 움직였다.

"나한테 슛을 가르쳐준 사람이 소야였어. 요리조리 피해 다니는 기술도, 작전도, 전부 네가 가르쳐줬잖아."

"나만 가르쳐줬던 건 아니지."

"너였어. 전부 너랑 계속 같이 뛰고 싶어서 따라 하다가 배운 거야."

"그럼, 내가 스승인가."

"맞아. 내가 따라잡기 전에 사라져버려서, 영원히 뛰어넘을 수 없는 존재."

등 뒤에서 골대를 향해 힘차게 날아가는 공을 내 발은 미처 따라가지 못했다.

"뛰어넘었네."

"……이런 식으로 넘어서봤자 의미 없지."

우리는 그물을 떠나 여러 번 뛰어올랐다 땅에 떨어진 공에는 눈길도 주지 않았다. 눈이 마주치자 가케루가 뭔가 말을 꺼내려 한다는 걸 알 수 있었다. 이제 말해야 할 때가 왔다.

"네가 뭔가 숨기고 있다는 건, 진즉부터 알고 있었어. 네가 말하기 싫어하는데, 억지로 입을 열게 하는 건 아니다 싶었고. 그렇지만, 그냥 공이나 차겠다고 이런 데 불러내진 않았을 거잖아…… 말해."

살면서 이렇게 심기가 불편해 보이는 가케루의 얼굴은 본 적이 없었다. 게다가 나는 지금부터 녀석의 얼굴을 일그러뜨릴 예정이었다.

"나, 죽는대."

"……엉?"

바람이 불어와 벚꽃 잎이 날아올랐다.

"지금 농담하냐."

굳은 표정으로 쓴웃음을 지으며 절대로 안 믿는다는 시선을 보내오는 가케루.

"사실이야. 원래는 말 안 하려고 했어. 내가 죽는 걸 아는 사람은 히나 하나로 족하다고 생각했거든. 그런데, 말해야겠다고 마음을 바꿨어. 나는 너한테 떳떳하게 밝히고, 부탁도 하고 나서 죽고 싶으니까."

"야, 장난 그만해."

"가케루. 나…… 무채병이래. 작년 4월 6일에 선고받았어."

내 목소리가 떨렸다.

너를 만나고 사랑하면서 나는 많은 것을 알게 되었다. 내가 무력하다는 것과 세상은 굉장히 넓다는 것, 그리고 만일이라는 가능성에 의지하며 살아가는 인간의 욕망까지도.

그러니까 난 알아, 가케루. 네가 왜 히나를 좋아하면서도 감정을 표현하지 않고 숨겼는지. 눈으로 좇으며 씁쓸한 웃음을 흘릴 정도로 좋아하면서 왜 말하지 않았는지. 나는 그 이유를 한참 전부터 알고 있었다.

그건 가케루가 그 누구보다 착한 녀석이기 때문이다. 가케루는 자기가 또다시 내게서 소중한 무언가를 빼앗게 될까 봐 겁먹었다. 내가 녀석을 마주할 용기가 없었던 것처럼 가케루 역시 그것을 두려워하고 있었다.

하지만 마지막이니 말해야만 했다.

우리 둘 사이로 바람이 지나갔다.

"뭐?"

거봐, 내가 일그러질 거라고 했잖아. 예상했던 그대로의 얼굴을 더는 보고 싶지 않아서 나는 눈을 감았다.

"거짓말."

"진짜야."

"내가 그 말을 믿을 것 같아?"

"진짜야. 지금 난 네가 입고 있는 옷이 무슨 색인지도 안 보이거든."

숨을 죽이는 소리가 들렸다. 눈을 뜨자 산뜻한 바람이 머리를 헝클어뜨렸다.

"왜……."

잠깐의 정적이 흐르고 나서 가케루가 고개를 떨군 채 입을 열었다.

"왜, 지금, 말하는 거야."

아아, 이 녀석 울고 있구나. 그런 느낌이 들었다. 이 녀석은 옛날부터 걸핏하면 울었고, 울기 전에는 아래를 내려다보는 버릇이 있었다. 그런 버릇까지 속속들이 알 만큼 우리는 가깝게 지냈다.

"왜, 좀 더, 일찍 말 안 했어."

"말하기 싫었어. 아니, 말 안 할 생각이었어, 죽을 때까지. 당연하게 내일 보자고 인사할 수 있는 그런 일상을 깨뜨리고 싶지 않았어."

"그럼! 왜 인제 와서 말을 꺼낸 거야!"

고개를 든 가케루의 얼굴은 눈물로 얼룩져 있었고, 내 눈꼬리는 아래로 내려가 있는 듯한 느낌이 들었다.

"계속 도망쳤어. 너랑 마주하기 겁나서 도망쳤어. 그치만, 더는 도망치면 안 되겠다는 생각이 들었어, 이제 끝이니까."

숨을 깊이 들이쉬고 말을 쏟아냈다.

"친구이자 라이벌이자 히나를 사랑하는 한 남자로서 내 마지막 소원은 네가 들어줘."

"그만해."

고개 숙인 내 머리 위로 거부하는 가케루의 목소리가 떨어져 내렸다.

"나 다치나미 안 좋아해."

"그런 훤히 보이는 거짓말은 하지 마."

나는 고개를 들고 웃어 보였다. 가케루는 내 앞에서 필사적으로 입술을 깨물고 있었다.

"다치나미는 네가 행복하게 해줘. 다른 말은 필요 없어."

"너, 내가 하려는 말을 벌써 눈치챘구나."

"싫어."

"뭐가 싫냐."

"내가 그걸 받아들이면, 넌 내 앞에서 사라져서 다시는 나타나지 않을 거잖아."

당황했다. 솔직히 생각도 못 한 전개였다.

"받아들이든 안 받아들이든, 난 이제 두 번 다시 네 앞에 나타날 수 없어."

"왜, 왜냐고. 왜 나한테 그런 소릴 하는 건데. 다른 사람도 많은데 왜 하필 나야."

내 뇌리에 어떤 기억이 되살아났다. 문화제 준비가 한창이던 어느 날, 처음 본 가케루의 옆얼굴이 머릿속에 선명하게 떠올랐다.

"옆얼굴이."

"……뭐?"

"……문화제 준비하던 날, 드레스 입은 히나를 쳐다보는 너의 옆얼굴. 처음 봤어. 오래 알고 지냈어도 네가 사랑에 빠진 얼굴을 본 건 처음이었거든. 그때 알았어, 너도 나와 같은 마음이라는 거."

그날 가케루에게서 봤던 애타는 시선. 내가 너를 보듯 너를 바라보던 녀석의 눈동자. 타오를 듯 뜨겁고 눈물이 터질 듯 애처로웠다.

"넌 내가 히나를 좋아하기 훨씬 전부터 히나를 좋아했지? 그게 아니면, 아무리 유명하다고 해도 특별반 여자애 이름을 기억할 리가 없잖아."

새 학기 첫날, 그 이름을 말하던 네 목소리에 어떤 마음이 담겨 있었는지 나는 알지 못했다. 이제 와서 내가 알게 된 건 그 목소리에 기대와 애정이 담겨 있었다는 사실이다.

"고백할 기회는 얼마든지 있었을 거야. 내가 아는 너는 인기 많고 누구에게나 호감을 사는 녀석이지만, 실은 나약하고 겁도 많지. 그러면서도 할 말은 꼭 해야 직성이 풀리는 놈이었어. 그런데도 그 말은 하지 않았어. 이유는 간단해, 나한테 마음을 써준 거잖아."

한순간 가케루의 어깨가 움찔했다.

"나한테서 또 뭔가를 빼앗는 게 아닐까 생각했겠지. 그래서 말 안 한 거잖아."

중학교 2학년이었던 우리는 수업이 끝난 후에 공을 차고 시시껄렁한 말을 주고받으며 집으로 걸어가고 있었다. 그런데 가케루가 찬 공이 도로로 날아갔고, 그 공을 주우러 가다 트럭에 치일 뻔한 녀석을 구하려다 그만 내가 대신 치이고 말았다.

다행히 생명에는 지장이 없었으나 그때 입은 부상 때문에 나는 축구를 그만둬야 했다. 둘이서 놀다가 벌어진 일이기에 어느 한쪽 탓이 아닌데도 녀석은 그 일을 계속 자기 탓으로 돌렸다. 가케루는 내게서 축구를 빼앗았다며 후회하고 또 후회했다.

"소야, 나……."

"바보."

"엉?"

가케루가 얼빠진 목소리로 반응했다. 내가 뭐라고 했는지 알아듣지 못한 눈치였다.

"바보라고 했다, 바보. 넌 공부 머리도 없지만, 뭐랄까, 전체적으로 바보, 구제 불능인 바보야."

"말이 너무 심하잖아!"

가케루가 목소리를 높이건 말건 개의치 않고 말을 계속했다. 나는 더 이상 이 세상에 머물 수 없는 사람이기에 가케루의 마음이 조금이라도 가벼워진다면 그걸로 됐다고 생각했다.

"혹시 네가 히나한테 좋아한다고 고백하면, 빼앗을 수 있다고 생각했냐? 히나는 너한테 눈길도 안 주는데? 이야, 자신감 한번 어마어마하네."

"너 정말⋯⋯."

비로소 원래 모습으로 돌아온 녀석을 보고 나는 웃으면서 발로 공을 뻥 찼다.

"이게 마지막이야."

가케루는 오른발로 막아낸 흰색과 검은색이 뒤섞인 때 묻은 공을 주워 들고 감싸듯이 안았다.

"내가 죽은 뒤에 히나를 행복하게 해줘."

가케루는 말이 없었다. 눈에 새길 듯이 잠자코 나를 쳐다 보았다.

"히나는, 분명 울지 않을 거야. 강한 척하며 웃겠지. 다 알고 있었다면서 웃을 거야. 옆에서 같이 울어도 좋으니까, 히나가 꼭 울 수 있게 해줘."

홀로 남은 네가 울지 않으리라는 것쯤은 쉽게 예상할 수 있었다. 너는 강한 척하며 다른 사람들 앞에서는 눈물을 보이지 않을 것이다. 너는 슬픔을 공유하지 않고 남몰래 혼자 우는, 그런 사람이니까. 가슴속에 너를 향한 사랑이 끓어올랐다.

"그다음엔 실컷 웃게 해줘. 내가 그랬던 것보다 훨씬 많이. 헤아릴 수 없을 만큼 많이 웃으면서 둘이서 행복하게 살았으면 좋겠어. 이게 내 소원이다. 부탁할 사람이 너밖에 없어."

기나긴 침묵이 이어졌다. 그러다 가케루의 목소리가 정적을 깨뜨렸다.

"내가 뺏는다."

"그래."

"괜찮지?"

"그래."

"당장 빼앗아버린다."

"아, 그건 안 돼. 봄방학 동안은 내가 히나랑 계속 붙어 있을 테니까."

솔직히 말하면, 네가 다른 누군가와 행복해지는 걸 원치 않고 내가 행복하게 해주고 싶다. 하지만 그 바람은 이루어질 수 없다는 걸 알고 있다. 죽음과 맞서고는 있지만, 앞으로 내 몸이 얼마나 더 버틸지는 알 수 없다.

"너, 느긋하네."

"그래."

느긋해 보인다면 다행이었다. 내일 또 만날 수 있을 것처럼 보이겠지.

"솔직히…… 네 속마음은 어때?"

"네 짐작대로야. 그래도 지금은 마음이 후련해."

"그래?"

"응."

물론 싫다. 너를 누군가에게 맡겨야 한다는 것도, 내가 너를 행복하게 해줄 수 없다는 것도. 하지만 누군가에게 맡겨야 한다면, 가케루가 아니면 안 된다고 생각했다.

"자, 이제 얼른 돌아가. 절대 뒤돌아보지 말고."

"응."

나는 등을 돌리고 걸음을 떼며 절친에게서 조금씩 멀어졌다. 이걸로 정말 끝이었다.

"꼭, 울게 할게."

뒤에서 날아든 가케루의 목소리에 돌아보지 않고 대답했다.

"······그래."

"그 이상으로 웃게 할게."

"······으응."

"너보다 나를 더 좋아한다는 말도 들을 거야!"

"······고맙다."

눈물에 젖어 시야가 부옇게 흐려졌다.

"좋아해."

'좋아해, 좋아해, 좋아해.' 몇 번이고 소리 내 말하면서 휘갈겨 썼다. 그 감정은 어느덧 사랑으로 변했다.

'사랑해, 사랑해, 사랑해.' 쓰면 쓸수록 가슴이 점점 더 아려왔다. 나는 너에게 남길 사랑의 말을 수도 없이 쓰고 또 썼다.

생각해보니, 나는 너에게 사랑한다는 말을 한 번도 하지 않았다. 속으로만 생각하고 입 밖에 낸 적은 없었다. 너의 어떤 모습을 얼마나 좋아하는지, 내 마음이 어떤지. 리카가 보던 순정 만화에나 나올 법한 달콤한 대사는 입에 올려본 적이 없었다.

그래도 나름대로는 최선을 다해 내 마음을 표현한다고 생각했다. 그런데도 방에서 홀로 노트를 앞에 놓고 펜을 쥐고 있자니 약간 수다스러워졌다.

노트에 늘어선 평행선들 사이에는 더는 적어 넣을 수 없을 정도로 글자가 빼곡히 채워져 있었다. 같이 공부할 때면, 너는 항상 반듯하게 쓰려다 포기하고 삐뚤빼뚤하게 쓴 내 글씨를 보고 눈웃음을 지었다. 비웃는 거냐고 물으면, 너는 그게 아니라 어쩐지 다정한 느낌이 든다고 대답했다.

"도대체 어디가 다정하다는 거야?"

나는 웃으며 내 글씨를 다시 들여다보았다. 어떻게 봐도 그냥 악필이었다. 네가 받은 느낌을 나는 끝내 알아내지 못했다.

책상 서랍에 손을 넣어 손수건 한 장을 꺼냈다. 이제는 보이지 않는 색깔의 꽃무늬 손수건이었다. 1년 전쯤에 네가 빌려준 손수건. 언젠가 돌려줘야지 하는 사이에 더는 뒤로 물러설 수 없는 시간까지 와버렸다.

"돌려줘야겠다."

우리의 관계는 죽음과 맞서기 위해 도움을 청한 이와 그 손을 잡은 이, 그러니까 내가 네게 일방적으로 의존하는 관계였다.

나와 함께 있어준 너로 인해 몇 번이나 죽음의 공포로부터 구원받았지만, 그러면서도 동시에 내게는 오지 않을 미래 때문에 여러 번 속을 끓여야 했다. 너를 좋아하면 할수록 작별의 순간이 일분일초라도 더 천천히 찾아오기를 바라게 되었다.

너는 나를 이해하는 유일한 존재였기에 이런 나 때문에 남겨지는 공포를 수없이 느꼈을 것이다. 마음만 먹으면 내 손을 놓을 수 있었을 텐데도 너는 그러지 않았다.

때때로 떨면서 "괜찮아"라던 너의 그 말이 처음에는 나를 안심시키려는 말이라 생각했다. 그런데 그게 아니었다. 저항하지 않고 죽음을 받아들이기 위해 짐을 나눠 지려는 말이었다.

나는 네가 성인(聖人)처럼 굴지 않아서 다행이라고 생각했다. 네가 병이 꼭 나을 거라며 입에 발린 말을 늘어놨다면, 나는 너를 좋아하지 못했을 것이다.

네가 자아낸 말이 오로지 '괜찮아'뿐이라 다행이었다. 그 말에 나는 언제든지 마음을 다잡을 수 있었다.

네 손수건을 보고 있자니 벚꽃이 보고 싶어졌다. 예쁜 색을 띤 벚꽃이. 1년 전만 해도 이런 생각은 하지 않았다. 전부, 네 덕분이다.

시계로 눈을 돌리자 시곗바늘 세 개가 포개지면서 소리를 냈다.

4월 6일, 오전 0시 0분.

"생일 축하한다, 너."

그렇게 중얼대며 노트를 덮었다.

365 / 365 일

"엄마, 잘 잤어?"

"잘 잤니? 소야, 생일 축하해."

"고마워, 엄마."

보통 휴일에는 늦잠을 자기 마련인데, 웬일로 9시 전에 일어났다. 오늘 나는 놀랄 만큼 상쾌한 기분으로 눈을 떴고 침대 위에서 한 차례 버둥거리기만 했는데도 몸이 가뿐해졌다.

아래층으로 내려가니 아침밥을 차리고 있던 엄마가 생일을 축하해주었다. 나는 웃으면서 대답하고 식탁 위에 올려진 음식으로 눈을 돌렸다.

노른자가 한쪽으로 기울어진 달걀 프라이 하나와 비엔나

소시지가 한 접시에 담겨 있고, 양상추와 파프리카를 넣은 샐러드에는 드레싱이 뿌려져 있었다. 살짝 눋은 자국이 남은 토스트 위엔 버터가 미끄러지듯 녹아 있었다.

칙칙한 회색이던 아침밥이 오늘은 먹음직스럽게 보였다.

"잘 잤니?"

한 손에 커피 잔을 들고 뉴스를 보던 아버지가 내 쪽을 향해 인사를 건넸다. 나는 평소 거의 말이 없는 아버지가 어쩐 일인가 싶어 놀라면서도 "안녕히 주무셨어요?" 하고 인사했다.

"열여덟 살이 됐구나."

"네."

아직 따뜻한 토스트를 덥석 베어 물었다. 어라, 이게 원래 이렇게 맛있었나? 내가 알던 토스트는 이보다 더 퍽퍽했다. 입 안의 수분을 다 빼앗아 가서 뭔가 마시고 싶어지는 맛.

오늘은 하나부터 열까지 전부 빛이 나는 느낌이 들었다. 마지막 순간이 코앞에 닥쳐와 신경이 예민해진 걸까.

"생일날, 가족이 집을 비워서 미안하다."

"아니에요. 제 몫까지 료타 응원해주고 오세요."

오늘 가족들은 여행을 떠난다. 중등부 축구 대회 선수로 발탁된 우리 집 둘째가 오후에 지방에서 경기를 뛰어 다 같이 응원하러 간다고 했다.

나는 히나가 생일 파티를 열어주기로 했다며 빠졌다.

"맞아, 걱정 안 해도 돼! 히나가 집에 와준다잖아!"

"아하, 지난번에 인사하러 왔던 예쁘게 생긴 애?"

"그래, 소야도 참 어디서 그렇게 예쁜 애를 만났을까."

"어디긴 어디야…… 학교지."

오늘 너는 내 생일을 축하해주기 위해 우리 집에 와서 하룻밤을 보내기로 했다.

부모님은 며칠 전 우리 집에 인사하러 왔던 네게 푹 빠져, 오늘 집에 놀러 온다고 했더니 흔쾌히 승낙해주었다. 물론 자고 간다는 건 비밀이지만.

"너한테는 너무 아깝잖아!"

엄마의 말은 뼛속까지 납득이 갔다. 네가 내게 필요한 건 맞지만 그래도 너무 과분하다는 생각이 계속 들었다. 다시는 이런 여자를 만날 수 없다는 생각. 내 마지막은 네가 있어 충분하다.

"내일 저녁 무렵에는 돌아올 테니까, 문단속 잘 하고."

"아, 알았다고요."

아버지 팔에 안겨 있는 유즈에게 손을 흔들어 인사하고 현관 앞까지 배웅했다. 문이 완전히 닫히자 나는 이 순간이 마지막이 되지 않기를 빌었다.

몇십 분쯤 지나고 인터폰이 울려서 현관문을 여니 네가 서 있었다. 손에는 흰색 상자를 들고 어깨에는 작은 가방을 메고 있었는데 그 가방이 인상에 강하게 남았다.

"내가 너무 일찍 왔어?"

"아니, 오늘은 일찍 일어났어."

"그렇담 다행이야."

알 수 없는 색깔의 얇은 원피스 위에 카디건을 걸친 너는 봄빛이 완연했다. 그리고 귓가에는 오늘도 변함없이 그 헤어 클립이 꽂혀 있었다.

"생일 축하해."

너는 집 안에 들어오자마자 내게 흰색 상자를 건네며 미소를 지어 보였다.

"고마워, 이건 선물이야?"

"응, 맞아."

"히나, 너 내가 언제 죽을지 모르는 사람인 걸 알면서 선물을 챙겨 온 거야?"

"그렇게 말할 줄 알고 물건이 아닌 걸 가져왔지, 케이크야."

너는 상자를 내게 넘기고 의기양양하게 코웃음을 쳤다. 이제 우리는 농담으로도 하면 안 되는 말을 웃으며 할 수 있게 되었다.

'마지막까지 웃으면서 지내자.'

우리는 그렇게 약속했다. 언제 죽을지 모른다는 말을 농담하듯 웃으며 이야기하자고. 그러면 의외로 아무렇지 않게 내일이 찾아올지도 모른다며 새끼손가락을 걸고 약속했다. 지금 그 약속은 지켜지고 있다.

"열심히 만들었어."

"와, 너 요리할 줄 알아?"

"너무해. 잘은 못하지만, 사람은 뭐든 노력하면 할 수 있거든. 분량과 순서만 제대로 지키면, 나머지는 과학 실험이나 마찬가지야."

"뭐야, 실험이라니. 무섭게."

제철보다 일찍 나온 작은 딸기가 올라가고 군데군데 모양이 일그러진 생크림 케이크에는 서툴러도 정성껏 만들었을 너의 사랑이 담뿍 담겨 있었다.

크림 모양이 살짝살짝 찌그러져서 웃겼지만 레터링은 멀쩡했다. 너는 매번 희한한 데서 손재주가 좋았다. 너의 예쁜 글씨로 쓴 내 이름이 반듯반듯하게 새겨져 있었다.

"냉장고에 넣어둘게, 냉장고 열어도 되지?"

"응, 물론이지."

"소야, 오늘 어디 가고 싶은 데 없어? 자고 간다는 말만 하고 다른 건 안 정했잖아. 가고 싶은 데 있으면 말해봐."

너는 냉장고에 케이크를 넣으며 돌아보지 않고 물었다.

"딱히 없는데. 넌 있어?"

"오늘은 네 생일이잖아. 내 의견은 안 물어봐도 돼."

"흐음, 난 꼭 집어서 하고 싶은 일 같은 건 없는데."

소파에 앉아 생각하고 있는데 네가 내 뒤로 와서 어깨에 팔을 둘렀다.

"……정말 없어?"

그 손을 잡고 생각에 잠겼다.

"굳이 말하자면, 며칠 전에도 갔었던 미하나다 공원에 가서 벚꽃을 본다든가."

"그거 좋다. 꽃놀이하는 것 같고."

"그리고, 네가 모처럼 케이크까지 만들어 왔으니까, 저녁에는 집밥을 먹고 싶어."

"뭐 먹고 싶어?"

"어, 네가 만들려고? 괜찮겠어?"

"그게 무슨 뜻이야?"

어깨에 걸쳐져 있던 손이 내 목을 졸랐다.

"미안, 미안."

"알면 됐어."

이번에는 그 손으로 내 양쪽 뺨을 꼬집었다.

"먹고 싶은 거라…… 네가 만들 수 있는 건 뭔데?"

"……오므라이스."

"그럼, 저녁은 오므라이스로 하자. 점심은 도시락 싸서 공원에서 먹고. 그거면 돼."

"좀 더, 욕심부려도 되는데."

"……이미 충분히 만족해."

고개를 돌려 위에서 내 얼굴을 지그시 들여다보던 너와 입을 맞추었다. 네가 까만 머리카락을 예쁘게 흩날리고 색소가 옅은 눈동자로 나를 보며 웃어주어서 한 번 더 천천히 키스했다.

내리깐 속눈썹이 얼굴에 닿아 간질간질했다.

둘이서 도시락을 준비해 찾아간 공원에는 생각보다 사람이 별로 없었다. 어린아이와 엄마 두 쌍이 벤치에 앉아 담소를 나누고 있을 뿐이었다. 우리는 벚나무 아래에 자리를 깔고 그늘을 찾아 앉았다. 봄날의 따스한 햇살이 나뭇잎 사이로 반짝반짝 쏟아져 내렸다.

나는 실눈을 뜨고 세상을 바라보았다. 온통 잿빛에 둘러싸인 세상에서 지금 네가 내 곁에 있다는 사실만이 나를 구원해주었다.

"따뜻해."

"꽃잎이 거의 다 떨어졌네."

"그러게. 근데 올해는 사쿠라나가시를 못 봤어."

"좋아해?"

"응. 좀 슬프긴 해도 나는 그 쓸쓸한 느낌이 좋아."

"그렇구나."

8년 전에 네가 가르쳐줬던 그 말이 무척 그리웠다.

"벚꽃이 지기를 바랐던 거야?"

"글쎄…… 다 져버리면 그건 그거대로 슬프잖아."

"그렇긴 하지."

"꽃잎이 다 떨어지면 끝이니까. 아직은 안 보고 싶어."

벚꽃이 지듯 내 생명도 저문다. 그것도 맥없이, 아주 간단히.

너는 바구니를 열고 먹을 걸 꺼냈다. 우리는 둘이서 만든 못생긴 샌드위치를 웃으며 나눠 먹었다. 눈 깜짝할 사이에 텅 비어버린 바구니 안으로 꽃잎 하나가 내려와 앉았다. 그 순간, 언뜻 연분홍빛이 스친 듯한 기분이 들었다.

"아……."

"왜 그래?"

놀라서 눈을 비비자 눈앞에는 회색빛 세상이 펼쳐져 있
었다.

"잘못 봤나."

"뭐가?"

"방금, 바구니 안으로 떨어지는 꽃잎 색깔이 얼핏 보인 것
같아서."

내가 그럴 리가 없다며 머리를 좌우로 흔들자 너는 골똘
히 생각에 잠겼다.

"아빠한테 들었는데."

"뭘?"

"무채병 환자의 눈에서 사라진 색이 죽기 직전에 잠깐 돌
아오는 경우가 있나 봐. 그치만 아주 드물대."

"그래? 왜 그럴까?"

"안타깝지만, 그걸 알면 이 병을 치료할 수 있었겠지."

"네 말이 맞아."

나는 숨을 내쉬었다.

"히나 선생님은 어떻게 생각하시는지요?"

"글쎄…… 마지막 순간에, 하느님이 소원을 들어주는 걸
지도."

"……그거 좋다."

"그치? 과학적으로는 빵점짜리 답안이겠지만."

"난 네 대답이 맘에 들어."

설핏 나타났던 그 색깔이 간절히 보고 싶어졌다. 그건 환상이 아니라, 내 삶이 끝나고 있음을 알리는 마지막 통보일지도 몰랐다. 나는 묘하게 납득이 되어 눈을 감았다. 신기하게도 그토록 나를 두렵게 했던 공포가 이제 더는 느껴지지 않았다.

꽃놀이를 만끽하고 집에 돌아와 방에서 두런두런 얘기를 나누다 보니 금세 저녁이 찾아왔다.

불안감이 적중해, 네가 홀라당 태워먹은 달걀은 색깔을 잃어버린 내 눈에도 새까맣게 보일 정도였다.

만들어줬으니 먹긴 했지만, 빈말로도 맛있다는 말은 나오지 않았다. 하지만 완벽하게 만들었으면 너의 빈틈을 볼 수 없었을 테니, 오히려 잘됐다고 생각했다.

그다음에 먹은 찌그러진 케이크는 생각보다 맛이 좋아서 너는 가슴을 쫙 펴고 으스댔고, 나는 그런 네 모습이 웃겨서 웃음을 터뜨렸다.

너무 빨리 지나간 시간을 그리워하며 나는 욕조에 몸을 담갔다. 욕조에 입까지 담그고 보글보글 물거품을 만들다가 이다음에 네가 들어온다는 걸 알고는 급히 얼굴을 뺐다.＊

욕조에서 나와 수건으로 대충 물기를 닦았다. 물기가 사라지자 몸이 부르르 떨렸다. 그렇다, 봄이라도 저녁은 꽤 쌀쌀했다. 언제 죽을지 알 수 없는 몸이긴 해도 최후의 순간에 감기에 걸리고 싶지는 않았다.

나는 부랴부랴 트레이닝복을 꺼내 입었다. 네가 기다리고 있을 걸 상상하며 탈의실을 나갔다.

"미안, 내가 먼저 들어가서."

거실 소파 등받이에 머리 하나가 솟아 있었다. 스마트폰 화면에 정신이 팔려 있는 네게로 다가가 네 머리 위에 손을 올렸다. 너는 펄쩍 뛰어오르며 뒤돌아보았다.

"놀랐잖아."

"미안, 내가 나와도 모르길래. 무슨 연락이라도 왔어?"

네 손에 들린 스마트폰 화면이 검은색으로 돌아와 있는 게 이상해서 물었더니 너는 몇 번 끙끙대다가 여동생이라고 답했다.

"아, 중학교 3학년이라던?"

"응."

"별로 안 친하다고 하지 않았어?"

———

✻ 일본에서는 한번 받은 목욕물을 순서대로 사용한다.

"맞아. ……그랬는데."

너는 새카만 화면을 들여다보며 쓴웃음을 지었다.

"아무래도 사람은 절박한 상황에 놓이면 본성이 드러나나 봐."

"뭐?"

"후회하고 싶지 않으니까."

내가 무슨 뜻인지 몰라 고개를 갸우뚱하자 너는 아무것도 아니라며 머뭇댔다.

"나 목욕할 때 오래 걸리는데, 괜찮아?"

"물론이지. 머리도 말려야 하잖아. 느긋하게 해. 참, 드라이어는 세면대 두 번째 선반에 들어 있어."

"고마워. 그리고 알다시피, 갈아입을 옷을 안 가져왔거든."

"……속옷은?"

"그건 당연히 챙겨 왔지."

"……잠깐만 기다려."

응, 하고 경쾌하게 대답하는 네 목소리를 들으며 나도 모르게 길게 숨을 내쉬었다. 그래서 짐이 별로 없었구나.

계단을 올라가 방문을 열고 갈아입을 옷을 한 벌 꺼낸 다음, 이번에는 뛰어서 계단을 내려갔다.

"……자."

"고마워."

"난, 방에서 기다릴게."

"알았어, 위에 올라갈 때 아래층 전기는 다 끄는 게 좋겠지?"

"응, 부탁할게."

"알았어."

네가 작게 경례를 하고 욕실로 총총 걸어가는 모습을 지켜보다가 위로 올라갔다.

다시 한번 문을 열고 물건이 줄어든 방 안을 한 바퀴 둘러보았다. 몇 시간 전부터 내리기 시작한 비가 창문을 톡톡 두드렸다.

언제부터였을까, 방에 물건을 들이지 않게 된 게. 언제부턴가 물건을 조금씩 처분해 이제 내 방에는 꼭 필요한 물건만 놓여 있었다.

의자에 앉아 책상 위에 펼쳐둔 노트 몇 권을 쳐다보았다. 오른쪽 옆으로 난 퇴창 유리에 빗방울이 들러붙었다.

"오늘 밤에, 벚꽃이 지겠다."

나는 창문은 보지도 않고 그렇게 중얼거렸다.

내가 살아 있었다는 증거를, 너에게 남기고 싶은 말을 쓰자. 노트를 펴서 페이지를 넘겼다. 사각사각 펜을 움직여 오늘 있었던 일들을 무심히 기록했다.

계단을 올라오는 발소리가 들려서 노트를 덮었다. 아직은 보여주고 싶지 않았다.

"미안, 기다렸지?"

네가 방에 들어올 때 시계를 보니 시곗바늘이 오후 10시 40분을 가리키고 있었다.

"구조가 우리 집이랑 달라서 고생했어."

"부르지 그랬어."

"욕실에?"

"아, 아니구나."

너는 헐렁헐렁한 스웨터를 입고 창가에 가서 섰다.

"비가 계속 오네."

"그러게."

"사쿠라나가시."

"그 말 왜 안 하나 했어."

웃으며 돌아보는 네 모습에 나는 또다시 마음을 빼앗겼다.

"나 목욕 너무 오래 했지, 미안."

"괜찮아. 누가 있는 것도 아니니까."

"그래?"

"응. 그리고 보통 여자들은 오래 목욕하잖아. 리카만 봐도 옛날부터 시간이 엄청 걸리더라고. 머리카락이 길지도 않으면서."

"리카가 들으면 뭐라 하겠어."

"괜찮아. 우린 옛날부터 쭉 이랬으니까."

"근데 저 노트는 뭐야?"

네가 책상 위를 가리키며 노트를 들추려고 해서 나는 허둥지둥 그 손을 붙잡았다.

"아직은 보면 안 돼."

"언제 보면 되는데?"

"내가 죽는 날부터."

네 손이 서서히 아래로 내려갔다. 그러더니 내 손을 잡고 깍지를 꼈다.

"그때가 한참 뒤였으면 좋겠어."

"나도 그래."

"무슨 내용이야? 러브레터?"

"그럴지도."

잡은 손을 끌어 침대에 나란히 걸터앉았다.

"뭐 할까?"

"우선, 네게 할 말이 있어."

"뭔데?"

나는 너와 마주 앉아 네 눈동자를 들여다보았다.

"지금까지 고마웠어."

"뜬금없이 뭐야."

"항상 고맙게 생각했어. 이렇게 진지하게 말로 하는 건 처음이지만."

"응."

너는 말이 없었다. 침묵이 이어졌다. 시간이 얼마나 흘렀을까, 나는 다시 너를 바라보면서 말을 이었다.

"지난 1년 동안 하고 싶은 말은 때를 놓치기 전에 해야 한다는 걸 배웠어."

"응."

"히나 덕분이야."

"그럼, 나한테 감사해야지."

팔을 벌리고 어리광 섞인 목소리로 포옹을 강요하는 너를 보며 어색하게 웃다가 네 가슴으로 뛰어들면서 둘이 같이 침대 위로 쓰러졌다. 귓가에 웃음소리가 들려와 네 위에 내 체중을 실었다. 너는 "항복" 하고 소리치면서 등에 두른 손으로 나를 톡톡 때렸다. 나는 네 옆에 누워 한 손으로 이불을 끌어당겼다.

네 손이 내 머리카락을 어루만졌다. 손가락으로 빗질하듯 내 머리를 매만지기에 나도 똑같이 따라 했다. 너는 간지러 워하다가 이번에는 내 뺨을 쓰다듬었다.

"머리카락이 그렇게 좋아?"

"좋아. 네 머리카락이, 예쁘거든."

"난 잘 모르겠는데."

네가 내 볼을 손가락으로 잡아당기며 놀았다. 아프지 않아서 마음대로 하게 했다.

"모레부터 새 학기야."

"같은 반이면 좋겠다."

"옆자리가 좋아."

"그때도 말해줘. '만나서 반가워'라고."

"세 번째 첫 만남?"

1년 전 새 학기가 시작된 교실에서 네가 내게 만나서 반 갑다고 인사하던 모습을 지금도 똑똑히 기억한다. 지금은 그 때 보였던 색깔들이 보이지 않지만, 너만은 내 기억 속에서 변함없이 반짝였다.

"아, 맞다. 여름이 되면 바다에 가자."

"나 수영 못 한다니까."

"그럼, 수영장."

"갑자기 뭐야?"

"가면 좋았겠다 싶더라고."

결국 지난여름에는 바다도 수영장도 가지 않았다. 덥기도
하고 밖에 나가고 싶지 않아 둘 다 그러자고 했지만, 역시 갈
걸 그랬는지 조금 후회가 남았다.

"또?"

"음…… 아, 편의점에서 파는 어묵도 먹고 싶어."

"엉뚱해."

"겨울에 한 번쯤 편의점 어묵이 먹고 싶어지잖아."

"편의점 어묵 안 먹어봤어."

"제정신이야?"

나는 일부러 과장하며 눈을 휘둥그레 떴다. 너는 빰을 어
루만지던 손으로 나를 꼬집었다.

"제정신인데?"

"미안, 농담이야."

그 손 위에 내 손을 포갰다.

"추운 날 하굣길에 따뜻한 거 먹으면 맛있어. 이번 겨울에
해보자."

"……약속해."

"……응. 약속."

이루어지지 않을 미래 이야기를 하다 눈을 감은 네 빰에

입술을 갖다 댔다. 너를 꼭 안으며 나도 눈을 감았다.

"잘 자."

"잘 자."

"히나."

"응?"

"네가 좋아."

"나도 알아" 하는 작은 목소리가 들리더니 너는 스르르 잠이 들었다. 내 품에서 쌕쌕 자고 있는 너의 규칙적인 심장 소리에 마음이 편해져 나도 사르르 졸음이 밀려왔다.

문득 잠에서 깼다. 지금은 몇 시쯤일까. 방 안이 캄캄했다. 꼭 뭔가가 깊이 잠들어 있는 나를 깨운 것만 같았다. 너는 여전히 내 품에서 어깨를 위아래로 움직이며 자고 있었다. 잠든 너를 깨우지 않으려고 살금살금 침대 밖으로 나왔다.

창밖을 보니 어느새 비가 그치고 하늘이 맑게 개어 있었다. 바로 코앞에서 벚꽃이 흩날렸다. 나는 창문을 열고 꽃잎을 잡았다.

그때였다.

"어……."

봄바람이 불면서 시야에 색이 입혀졌다. 구름 한 점 없는 남빛 하늘에 별이 빛나고 창백한 달빛이 방 안을 부드럽게 감쌌다. 베란다 난간에는 연분홍색 꽃잎이 떨어져 있고 새까만 아스팔트 위로는 분홍빛 양탄자가 살짝 떠 있는 듯 깔려 있었다.

벚꽃 잎과 함께 포근한 바람이 방 안으로 불어 들어와 책상 위에 놓인 연하늘색 노트를 팔랑팔랑 넘겼다. 발밑에도 여기저기 분홍빛이 떨어져 있었다.

그 광경은 너를 만나기 전에 봤던 세상보다 훨씬 더 황홀했다.

"사쿠라나가시."

나는 놀라면서도 한편으로는 왠지 수긍해버렸다. 손에 쥔 꽃잎 하나를 노트 위에 올려놓았다. 그리고 너를 물끄러미 바라보았다.

"잘 때는 빼야지."

네 귓가에서 존재감을 드러내고 있는 진홍색 헤어클립을 보니 입가에 저절로 미소가 번졌다. 내 예상대로 너의 하얀 피부, 까만 머리카락과 무척 잘 어울렸다. 서랍에서 네게 빌린 연분홍색 손수건을 꺼내 노트와 같이 책상 위에 올려두었다.

톡. 또 한 번 바람이 불어온 뒤에 마룻바닥을 보니 창문으로 들어온 작은 벚꽃 한 송이가 거기 떨어져 있었다.

그걸 주운 뒤 창문을 닫고 네가 누워 있는 침대로 갔다. 원래 내 자리였던 곳으로 들어가 조심조심 헤어클립을 빼고 대신 꽃송이를 꽂았다.

"……역시 이건 너의 색이야, 히나."

빨강보다 너를 더 아름답게 만들어주는 색, 세상 그 누구보다 너에게 잘 어울리는 색이다. 길게 늘어뜨린 새까만 머리카락과 새하얀 피부, 기다란 속눈썹과 발그레한 뺨. 옅은 분홍빛은 어쩐지 덧없어 보이는 느낌이 있다.

"벚꽃은, 너를 위한 색이야."

나는 소리 없이 웃으며 네 손을 잡았다. 색깔이 돌아온 세상에서, 자면서도 배시시 미소 지으며 내 손을 맞잡는 너는 눈이 부셨다.

색채를 띤 광경이 너와 작별할 시간이 얼마 남지 않았음을 말해주고 있었다. 한 번 더 눈을 감으면 다신 깨어나지 못한다고, 누가 머릿속 어딘가에서 그렇게 말하는 것 같았다.

이 순간까지 죽음과 맞서왔지만 미래를 살고 싶다는 기도는 하늘에 닿지 않았다. 그럼에도 불구하고 너를 만난 후 나는 이 세상 누구보다도 행복했다. 평범한 일상의 소중함을 네가 가르쳐주었다.

"나와 만나줘서 고마워. 사랑해."

나는 네 옆에 누워 벚꽃 색깔 입술에 입을 맞추고 편안히 눈을 감았다.

쭉, 거짓말을 했다.

4월 6일

개학식. 너를 만났다. 옆자리였다. 내가 좋아했던, 너와
잘 어울리는 그 색이 이제는 보이지 않는다.

4월 7일

너와 사귀기로 했다.

편지 사건은 우연이었지만, 타이밍이 좋았다. 처음 키스
할 때 심장이 툭 튀어나올 뻔했던 건 혼자만의 비밀이다.

4월 14일

너와 사귄 지 일주일째. 비탈길에서 따라잡아 너와 나란히 걸었다. 네 손에 들린 손수건은 연분홍색이었다. 괜히 미안한 마음이 들었다.

5월 6일

사귄 지 한 달이 지났다. 네 표정이 계속 어두웠다. 가족에게 밝힐지 말지 고민이라고 해서, 나는 둘 다 옳을 수도 그를 수도 있다고 대답했다.

말하고 싶지 않다. 들키면 어쩔 수 없지만, 너에게만은 영영 말하지 않을 생각이다.

5월 15일

너의 소꿉친구라는 여자애가 나를 불러냈다. 불려 나간 것도, 뺨을 맞은 것도 다 처음이었다. 그 애는 네가 너무 좋아서 어쩔 줄 모르는 것 같았다. 나처럼.

그런데 내가 그 자리를 빼앗았다. 나도 계속 좋아했으니까.

너는 기억을 못 하고, 나도 말할 마음이 없지만, 내 감정의 무게는 그 애와 별반 다르지 않다고 생각한다.

네가 구하러 왔다. 짐짓 아무렇지 않은 척했지만 실은 무서웠다. 너는 히어로처럼 멋있었다.

좋아한다고 말해줘서 기뻤다.

어쩌면 그 애 앞이라서 얼떨결에 거짓말을 했을지도 모르는데, 그 한마디에 기분이 좋아지는 나도 참 단순하다.

6월 3일

네 시야에서 빨강이 사라지기 시작했다. 나도 마찬가지였다. 마지막까지 볼 수 있는 색깔이 둘 다 하늘색이라니 굉장한 우연이다. 혹시, 운명? 그저 운명이라 치부하고 싶지는 않다.

죽음은 차근차근 한 걸음씩 가까워지고 있다.

7월 2일

기말고사. 색채 감지 검사 빼고는 완벽했다. 빨간색 계열이 전혀 보이지 않았다. 어차피 결과는 아빠에게 가니 상관없다 싶었는데, 덜컥 겁이 났다. 너는 몹시 힘들어 보였다.

괜찮다고 여러 번 말해주었다. 괜찮다니 뭐가 괜찮다는 거야? 나도 너와 같으니 괜찮다고 말하고 싶었던 걸까?

거짓말이다. 나도 무섭다. 사실은 하나도 안 괜찮다. 이미 알고 있던 현실이 갑자기 존재감을 드러낸 게 무서워 네 등에 팔을 둘렀다.

그렇게 하지 않으면 그 자리에서 사라져버릴 것만 같았다. 괜찮다는 말로 얼버무리며 나 자신을 세뇌하고 있다.

하지만 그 말이 네 마음을 구할 수 있다면 나는 몇 번이고 괜찮다고 말할 수 있다. 함께 웃으며 지내자. 죽음의 그림자 따위 보이지 않게.

7월 7일

소나기를 만났다. 빨간색 계열이 하나도 보이지 않는다. 점점 초조해진다. 무채병은 진행되고 있고, 나는 죽음을 향해 걸어가고 있다.

내가 아빠 같은 연구자라면, 너를 살릴 수 있으려나. 하지만 이 병은 내가 의사가 될 때까지 기다려주지 않는다. 그때쯤이면 너도 나도 이 세상에서 사라지고 없겠지.

7월 12일

내일은 불꽃놀이 축제가 열리는 날이다. 엄마랑 같이 유카타를 사러 갔다. 한 번밖에 못 입는데 사달라고 해서 미안하다고 했더니, 엄마는 울 것 같은 얼굴로 괜찮다고 했다.

어리광을 피우는 건가 싶으면서도 지금은 그냥 그러기로

했다. 짙은 남색에 물색 꽃무늬가 그려져 차분한 느낌이 드는 걸 골랐다. 더 예쁜 옷도 있다고 했지만, 나는 그게 마음에 들었다.

나는 마지막 순간까지 네 눈동자에 예쁘게 비치고 싶으니까.

7월 13일

네가 고백하면서 키스했다. 내가 정말 좋다고 했다. 계약 연애, 뭐 그런 식으로 시작했지만 진짜가 되었다. 기뻤다. 정말 행복했다. 여름밤에 꾼 꿈만 같았다.

하지만 아니다. 이건 현실이다. 만약 꿈이라면, 하늘에 떠오른 불꽃이 전부 보였을 테니까. 실제로 내 눈에는 그러데이션을 넣은 회색빛으로 보였다. 분명 네 눈동자에도 똑같이 비쳤겠지.

어째서, 함께할 시간이 조금밖에 없는 걸까. 어째서, 우리에게는 미래가 없는 걸까. 어째서, 죽음을 맞이해야 하는 걸까.

언제 끝나든 상관없다고 생각했는데, 지금은 죽음이 찾아오지 않기를 바라며 무섭지 않다고 허세를 부리는 것 말고는 할 수 있는 게 없다.

8월 2일

너는 거짓말을 못한다. 그렇게 말하면 너는 "역시 그런가?" 하고 묻는다. 너는 솔직하다. 너의 그런 점이 좋다. 나와 달리 뭘 잘 숨기지 못하는 사람이다.

여름방학 때는 같이 놀러 가자고 약속했다. 더운 걸 싫어하고 수영도 못 하니까 여름을 즐길 만한 장소는 못 가겠지만, 너와 함께라면 어디든 다 좋다.

어딜 가든 분명 즐겁고 행복할 테니까.

9월 1일

새 학기. 문화제 배역을 정했는데, 어쩌다 내가 신데렐라로 뽑혔다. 앞에 나서는 건 별로야, 왕자 역은 야다겠지, 뭐 그런 생각을 하고 있다가 네가 손을 번쩍 드는 모습을 보고는 기뻐서 나도 모르게 웃고 말았다.

너는 몹시 거북해 보이는 표정을 짓고 있었는데, 좀처럼 볼 수 없던 표정이라 진귀하다는 생각도 들었다.

10월 4일

리카와 문화제를 구경했다. 재미있었다. 돌아다니다가 빨간색이 안 보여서 난처해하는 너를 보고 불쑥 말을 걸었는데 나 역시 보이지 않았다. 리카가 도와줘서 살았다.

연극은 예정대로 끝이 났지만, 무대 한쪽에 서서 끝까지 날 지켜보고 있는 네 표정을 보면서 나는 벌렁대는 가슴을 진정시켜야 했다.

아냐, 이게 아냐. 내가 원한 건 이런 결말이 아니야. 너와 맺어지지 않는 해피 엔딩 따위는 필요 없다. 로미오와 줄리엣 같다더니, 정말 그랬다. 그 두 사람도 끝끝내 죽어버리니까. 우리처럼. 아무리 간절히 원해도 죽음을 넘어서는 건 불가능하다. 드레스를 입고 고통스럽게 춤을 췄다.

11월 20일

내 열일곱 번째 생일이다. 여러 가지 일이 있었다.

네가 수족관에 데려가줘서 몹시 기뻤는데, 우연히 아빠를 만나는 바람에 네 병을 알고 있었다는 사실을 들키고 말았다. 최악의 상황이었지만 너는 나를 용서해주었고, 8년 전에 미하나다 공원에서 만났던 일도 기억해냈다.

죽고 싶지 않다던 너. 나도 죽고 싶지 않아, 너와 미래를 함께하고 싶어. 너를 두고 가는 일은 없어. 나도 죽으니까. 이제는 색이 거의 보이지 않는다. 그러니까 괜찮아. 너를 두고 미래로 가지 않을게, 갈 수 없어.

네가 준 선물이 짙은 회색이어서 아마도 빨강일 거라 예상했다. 보이지 않고 나서부터 멀리했는데, 너는 그 색이 내게 잘 어울린다고 했다.

아아, 고백해버리고 싶다. 하지만 그럴 수 없다, 말할 수 없다.

보이지 않으면서 거짓말을 했다. 그렇지만, 즐거웠다.

12월 24일

크리스마스에 네게서 받은 은목걸이는 제법 비싸 보였는데, 이제 곧 죽으니 저금 따위 남겨놔봤자 아무 의미 없다고 생각했다는 걸 짐작할 수 있었다.

나도 뭐든 주고 싶었지만, 네가 물건을 남기길 싫어해서 고심했다. 결국, 네 목이 추워 보이던 게 생각나서 머플러를 선물했다.

그리고 크리스마스 케이크도 샀다.

네가 좋아했다. 잘 골랐다고 생각했다.

3월 25일

종업식. 너도 나도 오늘이 학교에 가는 마지막 날이 될지도 모른다. 학급 단체 사진에는 웃는 얼굴로 찍혔다. 너는 어색하게 웃었지만, 그게 너다운 걸지도 모르겠다.

마지막까지 웃으며 지내자고 너와 약속했다. 안녕이라는 말을 받아들이고 싶지 않았다. 죽음과 맞서던 너도 나처럼 조용히 죽음을 준비하기 시작했다.

손을 흔들며 헤어질 때마다 이 순간이 마지막일지도 모른다고 생각하게 된다. 싫다. 네 옆에서 좀 더 웃으며 지내고 싶다.

3월 30일

미하나다 공원에 벚꽃이 활짝 폈다. 내 눈에는 새하얗게 보여도 분명 예쁘겠지. 8년 전에 너와 만난 공원의 벚꽃. 그날의 기억이 이제는 떠오르지도 않는 색을 예쁘다고 착각하게 만든다.

거의 매일 만나던 네가 내일은 못 만난다고 하기에 나도 내일은 이것저것 준비하기로 마음먹었다. 너의 집에서 생일 파티를 하는 날엔 이 노트에 기록하지 못할 것 같다.

4월 6일

목욕을 마쳤다. 너는 방에서 기다리고 있을 테니 그사이에 써야지. 어쩌면 오늘이 마지막일지도 모르니까.

케이크는 생각보다 잘 만들어졌다. 오므라이스는 까맣게 탔다. 너는 쓴웃음을 지으며 그릇을 싹 비웠는데, 괜찮을까.

가끔 얼핏얼핏 색깔이 보인다. 점심때 네가 말했던 일이 내 몸에서도 일어나고 있다. 작별할 시간이 머지않은 걸까. 너보다 먼저 눈감지 않기만을 바랄 뿐이다.

내가 잘 숨겼으려나. 너는 여전히 눈치채지 못했을까. 나는 끝내 답을 알지 못한 채 죽음을 맞이하게 되겠지.

가족에게.

아빠, 무채병 진단 결과가 나왔을 때 내가 뭐라고 했는지 기억나?

난 머지않아 하늘이 어떤 빛깔을 띠고 있는지 모르게 될 거야. 나무들이 무슨 색인지도. 사랑하는 사람이 뺨을 발그레 물들이며 수줍게 웃어도 알아보지 못하겠지. 그러니까, 마지막 순간까지 사랑하는 사람 곁에서 그 사람이 바라보는 세상을 함께 보고 싶어. 온 세상이 흑백의 지배를 받는 그날까지.

그렇게 말하면서 학급 변경 신청서를 내밀었잖아. 설마 내가 그러리라고는 예상치 못했는지 아빠는 두 눈을 휘둥그레 떴고.

하지만 그게 내가 원하는 거라고 하니까 아빠는 일반반

으로 옮기는 걸 허락해줬어. 아무것도 묻지 않고. 사랑하는 사람이 누구인지조차 묻지 않았어.

다만, 그날 아빠가 눈물을 삼키던 모습은 지금도 지워지지 않아. 아빠가 우는 걸 처음 봤거든. 그건 내가 스스로 하고 싶은 일을 말해서 흘린 기쁨의 눈물이었을까, 아니면 현실을 각오한다는 의미였을까…… 아마 둘 다였겠지?

그렇게 내 처음이자 마지막 부탁을 들어줘서 고마워. 아빠가 허락하지 않았으면, 난 소야와 이렇게 시간을 보내지 못했을 거야.

난 아빠의 뒤를 이어 사람의 생명을 구하는 일을 하고 싶었어. 내가 무채병에 걸릴 줄도 모르고. 아빠가 날 낫게 하려고 연구 중인데, 치료 약이 완성되기 전에 세상을 떠나서 미안해. 딸을 구하지 못했다고 평생 후회하게 만드는 건 아닌지 모르겠네.

엄마랑 여동생도, 꼭 행복해야 해. 난 남겨진 이들의 아픔은 잘 모르지만, 먼저 떠나서 미안해. 17년 동안 고마웠어.

리카와 야다에게.

리카, 공부하기 싫어도 열심히 해. 너와 좀 더 정정당당하게 마주하지 못해서 아쉽고, 미안해. 앞으로 어른이 돼서도 행복하게 살길 바랄게. 나랑 친구 해줘서 고마웠어.

　야다도 공부 좀 하고. 미래가 있으니까, 언젠가 쓸데가 있을 거야. 항상 재밌는 말로 모두를 즐겁게 해줘서 고마워. 소야의 절친이니 나도 널 좋아하게 될 거라 예상은 했지만, 넌 정말 멋진 사람이더라. 부디 행복하게 살아줘.

　마지막으로 소야에게.

　네가 이 일기를 보게 되는 일은 없을 거야. 왜냐하면, 내가 끝까지 꽁꽁 숨길 거니까. 그러니까 이건 그냥 혼잣말이라고 여겨줘.

　혹시나 착오가 생겨서 보게 되더라도 부디 용서해주면 좋겠어. 계속 거짓말로 숨겨왔던 걸.

　난 무채병이었어. 우연히 아빠의 환자 리스트가 눈에 들어왔는데, 네 이름 밑에 적힌 내 이름까지 봐버렸어.

　우리는 비슷한 시기에 무채병이 발병했거든. 그래서, 내가 먼저 죽을까 봐 줄곧 두려웠어.

　처음에는 무슨 색깔이 안 보이는지 몰랐어. 그런데 새 학기 첫날 교실 창문으로 야다와 네가 교문 앞에서 얘기하는 걸 지켜보다가 알아차렸어.

　내가 처음 볼 수 없게 된 색은, 8년 전 내 눈동자에 새겨진 뒤로 지워지지 않았던 너의 머리카락 색이었거든.

햇빛을 받아 반짝이던 연갈색 머리카락이 어린 마음에도 참 부러웠던 게 생각나. 그래서 그 색을 못 보게 됐을 때는 너무 슬펐어. 모처럼 같은 반이 됐는데 다시는 네 반짝이는 머리카락을 볼 수 없다니 말이야.

"너, 머리카락 색깔이 참 예쁘다."

이렇게 말했을 때 사실은 보이지 않았어.

파란색 이름을 가진 너와 빨간색 이름을 가진 나.

그런데 신은 우리에게서 색을 빼앗아 갔어. 괴로웠지? 힘들었지? 슬펐지? 고통스러웠지?

그래도 함께여서 다행이었어. 혼자서는 견디지 못했을 거야.

우리는 죽음의 그림자가 가까워지고 이별할 시간이 다가와도 아랑곳하지 않고 미래가 있는 척했잖아. 그건 너무 슬픈 일이지만, 그런 대화를 나누는 순간에는 마음이 편했어. 내일이 있다고 믿을 수 있었으니까.

소야를 만나고 나서 세상은 색채와 빛으로 넘쳐난다는 사실을 깨달았어. 함께 지낸 시간들, 우리가 갔던 장소들, 눈으로 본 것들, 하나도 잊지 않았어.

그리고 감정에도 색이 있다는 걸 알았어. 네 덕분에 누군가를 그리워하는 마음이 얼마나 아름다운지 알게 됐거든.

너는 내 삶의 희망이었어. 미래를 믿을 수 있게 해주는 유일한 존재였지. 나를 만나준 것, 사랑해준 것, 받아들여준 것 다 고맙고, 내 인생에 나타나줘서 고마워.

네가 내 첫사랑이자 마지막 사랑이어서 좋았어.

너라면 화가 나더라도 분명 용서해줄 거야. 내가 너무 앙큼하다고? 그렇지만 뻔히 보이는걸? 내 생각만 해서 미안해.

신도 소야. 착하고 솔직해서 거짓말을 못하던 너. 난 마지막까지 웃고 있으니까 너도 웃어줘. 죽는 건 두렵지만 너와 함께라면 괜찮아.

하지만, 할 수만 있다면, 다시 태어나서 너와 연인이 되고 싶어. 그때는 거짓말로 감추지 않을게. 평범하게 만나서 사랑을 나누자.

죽음 따위 상상도 하지 말고 당연한 일상을 보내며 어른이 되어서는 못 했던 일들을 잔뜩 하자.

쭉 함께할 수 있다면, 결혼해서 가족을 이루는 미래를 상상해도 될까? 네 머리카락 색을 닮은 아이가 태어나면 좋겠다.

그냥 마음대로 상상해봤지만, 이루어질 수 없다는 건 나도 다 알아. 1년이란 시간은 긴 듯하면서도 짧았어. 그래도 우리가 죽음을 받아들이기에는 충분한 시간이었지.

이제 상상은 그만할게. 남은 건 현실뿐이지만, 너와 함께라면 문제없어. 너는 남겨지는 걸 염려하고 나만 혼자 미래로 가버릴까 봐 슬퍼했지만, 괜찮아.

이제 끝이야. 저항도 끝. 무서워서 인정하기 싫지만, 죽음이 가까이 왔으니 솔직히 말해도 되겠지? 내가 이번 생에서 이루고 싶었던 마지막 소원을 적으면서 이 일기를 맺을게.

마지막 날에, 같이 가자.

오전 6시, 알람 소리에 눈이 떠졌다.

아직 잠이 덜 깬 머리로 어젯밤부터 가방에 넣어두고 한 번도 꺼내 보지 않은 스마트폰을 찾으려고 침대에 누운 채 손을 휘휘 저었다.

손끝에 닿은 딱딱한 금속 물체가 그것인 것 같아 집어 들었다. 화면에 불이 켜지고 환한 빛이 눈을 찔러 나도 모르게 미간에 주름을 잡았다.

손가락을 놀려 알람을 끄고, 여전히 빛을 내뿜는 화면을 들여다보았다. 부재중 전화 다섯 통. 문자가 세 건. 누가 보냈을지 짐작이 가고도 남았다.

5분에 한 번씩 네 번, 너의 절친에게서 걸려온 착신 이력이 남아 있었다. 맨 마지막 전화는 너의 소꿉친구였다. 아빠가 보낸 문자가 한 건, 나머지는 전화를 걸었던 두 사람이 보낸 문자였다.

또다시 스마트폰이 부르르 떨리면서 네 절친의 이름이 떠올랐다. 받을 마음이 털끝만큼도 없어서 그대로 전원을 껐다. 스마트폰을 가방으로 휙 던지고 침대에서 천천히 몸을 일으켰다.

너는 옆에서 자고 있었다.

아니, 잠든 사람처럼 생을 마감하고 있었다. 손으로 만져봐도 더는 온기가 느껴지지 않는, 그저 싸늘하게 식은 시신이 거기 누워 있을 따름이었다.

어쩜 이렇게 행복한 표정으로 눈을 감고 있을까. 그러고 보니 아빠가 무채병은 사후 경직이 일어나지 않는다고 했던 말이 기억났다. 무채병 환자는 아름답게 죽음을 맞이한다.

이러고 있으면 네가 당장이라도 눈을 뜨고 나를 보며 웃어줄 것 같지만, 두 번 다시 그럴 수 없다는 사실을 잘 알고 있다.

더 이상 네 목소리가 내 귀에 닿을 일은 없다.

알고 있었다. 하지만 모르는 체했다. 이별의 순간이 코앞까지 다가왔다는 걸 모르는 척 외면하면 내일이 찾아올지도 모른다고 생각했으니까.

무심코 내 귓가로 손을 가져가니 작은 꽃잎이 떨어졌다.

벚꽃이었다.

손으로 꽃잎을 집어서 네 귓가에 꽂았다. 이 색깔은 그 날 내 눈길을 사로잡았던 네 머리카락에 가장 잘 어울릴 테 니까.

"고맙고, ……미안해."

일어나서 침대 밖으로 나오니 바닥에 꽃잎이 흩어져 있었 다. 놀라서 맨발로 꽃잎을 피하듯 걸음을 옮겼다.

책상 위에 늘어선 연하늘색 노트를 왼쪽부터 차례대로 훑 어보았다. 꼬깃꼬깃한 페이지를 넘기는 내내 눈물이 차오르 는 것을 꾹 참고 읽었다.

네가 어떤 생각을 했는지 제대로 알고 싶었다. 죽을힘을 다해 읽어 내려가다 어느덧 마지막 페이지에 이르렀다.

종이를 가득 채운 사랑의 말에 입가가 스르르 풀렸다. 펜 을 쥐고 빈 공간에,

'나도 정말 좋아해.'

라고 적어 넣었다. 너에게 닿지는 않겠지만 형태를 남기 고 싶었다.

창밖에는 그쳤던 비가 어느새 다시 내리며 벚꽃 잎을 흩

뿌리고 있었다.

"사쿠라나가시."

너도 같은 말을 했으려나. 확인할 길은 없었다. 네 입술은 다시는 열리지 않을 테니까.

"있잖아."

침대로 다가가 내가 원래 누워 있던 네 옆자리로 파고들었다.

"네가 좋아."

그러자 내가 너무너무 좋아하는 네 머리카락 색이 시야에 들어왔다. 내 마음을 빼앗은, 포근한 봄의 색.

"네가 정말 좋아."

너의 이마에, 뺨에, 입술에 차례차례 입을 맞추었다.

"사랑해."

네가 저세상에서나마 내 이야기를 들어주면 좋겠다. 사랑에 빠진 한 소녀가 계속 거짓말을 하면서까지 죽음과 맞섰던 또 하나의 이야기를.

네 손을 꼭 쥐었다. 엄습하듯 찾아온 나른한 기운에 몸을 맡기며 눈을 감았다.

한줄기 눈물이 뺨을 타고 흘러내렸다. 그 눈물이 내가 마지막으로 느낀 온기였다.

나와 너의 365일

초판 1쇄 발행 2023년 3월 14일
초판 21쇄 발행 2024년 10월 2일

지은이 유이하
옮긴이 김지연

책임편집 오윤나
디자인 형태와내용사이
책임마케팅 김서연, 김예진, 김소희, 김찬빈, 박상은, 이서윤, 최혜연,
노진현, 최지현, 최정연, 조형한, 김가현, 황정아
마케팅 유인철
경영지원 백선희, 권영환, 이기경
제작 제이오

펴낸이 서현동
펴낸곳 ㈜오팬하우스
출판등록 2024년 5월 16일 제2024-000141호
주소 서울특별시 강남구 테헤란로 419, 11층 (삼성동, 강남파이낸스플라자)
이메일 info@ofh.co.kr

© 유이하

ISBN 979-11-92579-45-0 (03830)

모모는 ㈜오팬하우스의 출판브랜드입니다.